ふるさとへの思いは今も変わらず

山裾一郎
YAMASUSO Ichiro

文芸社

目次

第二章　少年時代

第三章　学友たち

第四章　技術者の道へ

第五章　母からの便り

第六章　還暦を過ぎて

舟場部落(日野町)
大阪
舟場橋

『舟場の部落誌』（三好雅美編著、平成5年刊）より

プロローグ

大学を卒業して、川鉄建材工業（現・ＪＦＥ建材）に入社し、技術者になった。専門は道路の交通安全施設で、私たちが開発した商品の設置工事などで、日本中を飛び回る毎日だった。転勤と出張の繰り返し。家にもあまり帰れず、子育てはほとんど妻に任せきりだった。

父である私はそんな状況だったが、妻のおかげで二人の子どもは何とかきちんと育ってくれたと思う。

上の子が大学に入り、ようやく落ち着いてきたある日、母から手紙をもらった。原稿用紙に十枚以上。今までも何度か手紙はもらっているが、これは数えるまでもなく今までで一番長い。一体、何かあったのか？（書簡中振仮名は筆者が補った。）

新春の粉雪が静かに舞い落ち、散っていきます。今日は節分です。立春とはいえ、寒さはまだまだこれからと思います。

貴方は毎日元気で忙しく立ち回っていることと、遠くを偲びながらペンをとっています。

舟場《ふなば》とお別れしてから、五十年近くも経ちました。六年間の思い出は私の心から消えることはありません。今年七十六歳になりました。重い病気もせず働き通して人の何倍もの苦しみも悲しみも身に受けて来た人生だったと思うのに、よくもこの年まで生かされてきた事と自分ながら、不思議に思われ感謝の毎日です。

この年ですから、何かにつけ忘れることが多くなってきましたが、まだボケないで何とかやっているところです。

今のうちに貴方に舟場の六年間の思い出を少しでも知ってもらいたいと思って書き始めます。

五十三歳にもなった私に、今頃、何を話そうというのだろうか。

不思議な思いに駆られたが、それ以上に私を驚かせたのは、「人の何倍もの苦しみも悲しみも身に受けて来た人生だったと思うのに、よくもこの年まで生かされてきた事と……」という一文だった。

母がそんな思いで生きてきたとは知らなかった。私の記憶の中の母は、情に流されたりせず、自分の思いどおりに好きに生きる様な女性だったからだ。

少し説明が必要かもしれない。

この母・美津枝とは幼少時に別れており、育ててもらっていない。私の実父（孝雄）は先の戦争で戦死した（ビルマで死んだと聞く）ため、母は私を残して実家に帰り、その後、再婚した。

つまり、私は両親のもとで育ったのではなく、父方の祖父や叔父たちに育てられたのである。

両親のいない生活だったが、祖父たちにとても可愛がって育ててもらったので、そのことで不憫な思いをしたことはない。

実母・美津枝は、たまに私を訪ねてくることもあり、交流がなかったわけではなかった。

その実母が何をいまさら、打ち明け話など……。

記憶をめぐりながら、第一は孝雄さんとの出会い、孝雄さんが松江連隊に入隊していた時のことです。

松江や鳥取連隊の兵隊が一年間に何度となくかわるがわるに岡山の蒜山《ひるぜん》高原演習に来られます。江尾《えび》駅まで汽車で江尾から歩いて岡山まで行かれるのです。米沢村の役場のあるところ（宮市原）で三十分近く休憩の場所と決められていたのです。

来られる日は役場より連絡があり村の婦人部と女子青年が出てお茶の接待をするのでした。

その日に来られたのは松江の兵隊で私の先輩が同じ中隊に二人いられたので、久しぶりに懐かしく話し合いました。その先輩と同じ中隊にいた孝雄さんが、私等が話すのをみていたらしいです。

何か月か経って、満州から孝雄さんがはがきをくれました。友だちに紹介してもらったと言って。

へえ、これが私の父とのなれそめか。手紙はこう続く。

その頃は兵隊さんたちに慰問文を出すようにと、役場や学校を通じて知らない兵隊に何度なく書かされていたころでしたので孝雄さんにも慰問文として返事を出したのがはじまりで二年間続きました。写真は送ってくれましたが、逢ったことはない人でした。その中《うち》、便りが来なくなったと思っていたところ舟場に帰っていたのです。それがある日突然に大下様が美用《みよう》に来てくださってびっくりした様な訳でした。結婚なんて考えたことも有りませんでしたが、たびたびと来て下さる大下様の情熱にほだされて、それに文通で孝雄さんの気心は少しは分かっていましたので、嫁ぐ気持ちになりました。

結婚の日、仲人さんの大下様の二人に連れられて、孝雄さんが美用にむかへに来てくれたのです。その日はじめて逢ったようなことでした。今頃なら、逢った事もない人のところになど考えられない様な話ですけど。

顔も知らない相手と結婚？　自分の親たちのことなのだが、ちょっと苦笑してしまった。なんだか急に面白くなってきたが……。

嫁いで二カ月たらずで召集が来ました。

まだ慣れない土地で先の不安と心細さで、その当時としては突然のことで国のためにと喜んで送り出さなければなりませんでした。その頃は美用の兄二人共に支那に出征していました。あまりに短い二カ月の生活、その悔しさもお国のためとどうすることもできません。

わずか二カ月の新婚生活か。当時は、こんなことも珍しいことではなかっただろうが、あまりにも短い。母が不憫に思われた。

召集は鳥取に入隊で一度面会が許され、鳥取まで行きました。兵隊さんらのあわただしい雰囲気で出陣も近いなと予感がしました。

それから何日たったか覚えていませんが、今日は鳥取連隊が軍用列車で通るという情報が入り、生山《しょうやま》駅まで家内中で出て待ちました。

やっと汽車が着き、五分間の停車との事、大勢の兵隊、でも孝雄さんはわかりました。

自分でも目印にと思っていたのでしょう、桜の花枝を一枝持って、汽車の出口に立って桜を振っていました。

私が身重って（つわり）で苦しんでいることを、お父さんの便りで知らされていたそうで右手に櫻の枝、左手に私にと、つわりの薬を握って「無理せぬように気をつけよ」と渡してくれました。

あまりに話す言葉が出ず、五分間はすぐ経ちました。その時の姿が最後になり、今でもはっきりとあの勇姿が瞼《まぶた》に浮かびます。

私も父は写真でしか知らない。軍服を着た勇姿の写真は、実家にも飾ってあった。

貴方が生まれるまで、慣れない山やたんぼ、身は重いし思うように出来ず、苦しみと悲しみが何時も身に降りかかっている様で、十カ月は長い月日でした。十一月、やっと貴方が生まれ、みんなで大喜びしてくださいました。特にお祖母さんが一番喜んでくださり、私も大役を果たしたようでとっても嬉しかった。孝雄さんにも一カ月のお宮参りの写真を送りました。とっても喜んで何時も写真をポケットに入れていて出してみていたとか、同隊の兵隊さんが度々その様子を知らせて下さいました。

孝雄さんからの便りは帰った時には、親子三人でと何時も書いてくれました。

苦しい事、悲しい事があっても貴方の可愛い笑顔と孝雄さんの親子三人でという便りに励まされその日が来るのを信じて頑張れた事でした。貴方もあまり病気もせず、成長するのが楽しみでした。その頃からビルマからの便りは来なくなり、色々とビルマ戦場の悪い情報をラジオで聴く不安な日々でした。

忘れられない二十年七月十八日、美用のお母さんの病気が重くなったと節子（注・母の妹）が舟場までむかへに来てくれて、すぐ美用に行きました。母はその時にはまだはっきりしていて話も出来、お互いに喜び合って少し良くなって来たと思ったのにその晩八時頃、眠る様に亡くなってしまいました。その悲しみに暮れている時、舟場から孝雄、戦死公報が入ったと電報が来ました。その時の心の中、いちばん大事な心のささえのお母さんと孝雄さんを一度に失った二重の悲しみ、一生忘れる事は出来ません。

驚いた。母は、母親と夫をほぼ同日に亡くしたということか。そのときの母の心中、察してあまりある。

二～三カ月経って孝雄さんの遺骨も送って来て葬式も役場や村の方のお世話になり立派にして頂きました。

葬式も終わったのだから、お前は早く美用に帰ってくるようにと里行するたびに父と兄もいるものではないと、そればかり言われ通しでした。

私の心の中は渦が巻くように相談する人もなく、お前は舟場には要らない者だと言われた言葉を繰り返し繰り返し考え通しの毎日でした。そのうちに、山裾家には弟妹等が多いのだからと思うようにもなりました。一人で貴方を立派に育てる自信はなく、でもどう思っても別れることは出来ない一心でした」。

今とは違う時代の話だ。当時は、子は家のものだった。跡継ぎを産むことが嫁の仕事で、産んだ子は、婚家のものであった時代だ。

舟場の田植えも終わり今日は里行きさせてもらうという日でした。

お祖母さんが私と貴方を舟場の橋の元まで見送って下さいました。今こそと私は断腸の思いで、お祖母様に、美用から言われていることを話し帰らせて下さい、一郎は私に下さいとお願ひしました。お祖母さんはうすうす感じられていたと思われましたがびっくりされ、大きな声で泣かれ、一郎は絶対に自分から取り上げないでくれ、この子を取られたら自分は死ぬ、この子は孝雄の生まれ変わりで大事な子だから、お前もこの子が可愛い、だから家で辛抱してくれと言はれ、お祖母さんの気持ちが嬉しくて二人で手を取り合って道端で泣きました。

山裾の家のためでもあると言はれる父兄の意見には、それを押し切って反対する事は私には出来ませんでした。

そんな事情とは知らなかった。私は、母は自分の意思で、自分のために婚家を去ったのだと思っていたから。

其の後、父が度々と舟場に来て、お願ひしてくれまして、お父さんお祖母さんにも納得して頂くことが出来ました。どうせ帰るにしてももっと日の良い日にと三月三十一日と決めて下さいました。

帰る日が後一カ月という頃になって、私がいなくなって少しでも淋しい思いが少ない様にとの思いで、夜、貴方を抱いて床に入り、ぐっすりと寝たのを見てそっと抱き、お祖母さんの寝床にお願いしますと連れて行きました。お祖母さんも泣きながら、帰る前の日まで毎晩受け取ってくださいました。やはり子供心に貴方も感じていたのでしょう、ある日、「お母さんはお父さんが死んだけん、美用にかえるだか」と突然の言葉、胸を締め付けられる思いで何も言えませんでした。

何時どう言って話そうかと思っていた時でしたので、子供心にこんな思いをさせて罪な親だったと心の中で何度も詫びました。

お母さんは美用に帰らねばならないが、いっちゃんはみんなに可愛がられるようにいい子にするんだよと話すのが精いっぱいでした。私はなんでこんな苦しみ悲しみがと生きる空しさを感じました。死ねば必ず死んだ人に逢へるなら美用のお母さんと孝雄さんに逢いたい、胸の中みんな話したいと何度も考えた事でした。勇気がなくてそれも出来ず。

貴方は家の人みんなからとっても大事にされ可愛がられているのをこの目で何度も見ていましたのでそれがせめての私の慰めでした。

三月三十一日、帰る日が来ました。朝、貴方と二人で根雨《ねう》に出て写真を撮りました。美用から伯母がむかへに来てくれますと近所にお世話になったお礼とお別れの挨拶に廻り、とっても悲しかった」。

ああ、そうだったな。母と一緒に写真館に行って写真を撮りに行ったことは私も覚えている。

根雨駅迄貴方も送りに出てくれました。汽車が来て私がホームに出たとき、貴方がお母さんとよんでくれましたが、美代子さんが急いで貴方をおんぶして駅から逃げるように外に出られ、美代子さんの背の貴方を見つめるだけでした。美代子さんの思いやりだったとありがたく思いました。

思い出一ぱいの舟場の六年間の生活、後悔はしていません。孝雄さんはとっても朗らかな思いやりのあるやさしい方でした。自分の大勢の弟妹等をとっても大事にされていました。其の姿を見てこの人は人情の厚い心の広い人だなと感じながら尊敬していました。こんな立派な貴方のお父さんに巡り合った事、本当に良かったと心から思っています。

そして貴方という素晴らしい子に恵まれた事、貴方には辛い思いをかけましたけど、私の大丸時代に貴方がこの人と結婚することになりましたと、婚約者さんをつれなって大丸の五階で紹介し逢はせてくれました事、そして結婚式にも招待してくれました。親らしい事何一つとして出来なかったのに貴方の温かい心づくし、身に染みてとってもうれしかった。ほんとうにありがとう。後になりました。山裾御一家様　受けた御情《おなさけ》は何時も感謝しています。そして大下様ご一家の何時もやさしく陰ひなたのない励ましで支えていただいた御恩、忘れたことはありませんのに、ご恩返しができなくて申し訳なく思はれます。お世話になりました。三好ご一家様や村の四～五人の伯母様方、お顔はおぼへていますけど亡くなられた方ばかりだと思います。

やさしく親切にいろいろと支へて頂いた事、ありがたくなつかしく思いうかべています。

母のいない里、美用にかへった傷心の私を何かと気を使い、あたたかく見守って下さる兄夫婦の心遣いが嬉しくありがたく思う毎日でした。

美用にもまだ大勢の妹弟等がいましたし行き戻りの自分が何時迄も兄夫婦に甘えているのも心苦しく申訳ないと考えていた時でも有り、米子の伯母の度々の進めでもあったので、これも縁だと米子に来たのです。俊夫・哲夫の父は私の境遇をよく理解してくれて、おとなしく無口な人でした。

暴力をふるうような事はあまりありませんでしたし、その点では幸福だったかとも思はれます。やっと貴方に長い間一人で思い考えていたことが書けました。

この年ですから何時どうなっても心残りはありません。貴方にすまないとの思いは、はなれませんけれど。

今の貴方は立派な奥様と二人のすばらしい子供に恵まれた幸福な一家と思うとこれで良かったと勝手に自己満足はしていますが、貴方の単身が少し淋しく思います。いつまでも仲良く体を大切にと祈りながら

二月二十三日　書き終わる　美津枝

これが母からの手紙全文である。読んだ感想を言うなら、正直、びっくりしたとしか言いようがなく、読み返せば読み返すほど、母の気持ちがわかってきて辛くなった。

子どもの頃の私は、母が会いに来てくれても、よそよそしく接していた。それは母を慕

う気持ちを持つことが、可愛がってくれている育ての親たちへの背信のように思っていたからだが、他人行儀に接してきたことが今さらながら悔やまれてきた。今すぐに会いに行って、母に謝りたくなった。

なぜ母は、老年になって、「もう語ってもよい」と思ったのか……。子ども時分にはなぜ何も話してくれなかったのか。母は母で、息子を婚家に託した以上、苦しくても胸の内は吐露すまいと決意したのかもしれないし、後悔や苦悩を吐露すれば、私を苦しめることになり、育ての親たちにも迷惑をかけると思ったのかもしれない。

たった二カ月しかなかったという結婚生活の中で、偶然にも私を身ごもり、その私が今、ここにいるというわけで、めぐり合わせというのも、つくづく不思議なものである。

そんなことを考えながら、母のこと、写真でしか知らない父のこと、祖父や曾祖母、叔父夫婦ら、ふるさとのことなど、きちんと書き残しておきたいと思うようになった。彼らが、運命に翻弄されつつも懸命に生きてきたその証として、書き残したい。それが本書執筆の動機である。

振り返れば、生かし生かされてきた人生であったと思う。実の両親から育ての親、友や恩師、そして妻と子どもたち、私を育ててくれたたくさんの人たちに本書を捧げる。

第一章　ふるさと

かつて「たたら場」があった

　鳥取県・米子駅から、日野川に沿って、岡山県倉敷市までを結ぶＪＲ伯備線に小一時間ほど乗ると、根雨駅に着く。

　根雨は、たたら製鉄で栄えた日野郡の中心的な町だ。私が生まれた頃は、製鉄業はとうの昔に終わって、往時の面影はなかったが、それでも娯楽施設や商店が軒を並べるにぎやかな町だった。

　その根雨駅を日野川に向かって歩いていき、橋を渡ると、のどかな田んぼと山々が広がる。我が故郷・舟場だ。

　今も故郷に帰ると、私が少年の頃とほとんど変わっていない。田んぼと山、川に囲まれたのどかな風景が広がる。

時間の進み方がここだけ違うのかと思うくらい、いつものんびりとしている。

私はこの地で、昭和十八年（一九四三年）十一月十九日、生を授かった。

私の曾祖父・山裾次三郎が、本家から分家独立し、根雨から舟場に転籍してくるのが明治三十四年（一九〇一年）、次三郎、三十四歳のときだった。

すでに野畑ハツと婚姻していて長男・金一（私の祖父）も四歳になっていたが、このときにハツと正式に入籍、金一の出生届も同時に出している。

鳥取県西伯《さいはく》郡出身の次三郎と、広島県比婆《ひば》郡出身のハツのなれそめは定かではないが、おそらくたたら製鉄であろう。

真砂《まさ》と呼ばれる良質の砂鉄から作る日野郡のたたら製鉄の歴史は、六世紀にまで遡る。中世を通じて繁栄し、江戸期には鳥取藩直営の御手山《おてやま》（鉱山、官営鉄鋼業）となり、「印賀鋼《いんがはがね》」と呼ばれるブランド品を生み出した。たたら製鉄は、ここ日野郡と島根県斐伊川《ひいかわ》流域でのみ行われていたが、この二カ所で、我が国の鉄の九割近くを産していたという。

十八世紀後半より「鉄山師」として頭角を現し、やがて幕府の鉄山取締役の任に当たるようになった近藤家の本拠地が根雨にあったことから、根雨は日野の製鉄の中心地として栄えた。

たたら製鉄業は、たくさんの雇用を生み出す。「一カ所のたたらで千人を養う」などと言われる。

「日野郡史」によれば、明治十七年（一八八四年）、日野郡内では六百カ所で砂鉄採取が行われ、三十四カ所で製鋼・精錬が行われていたという。当時の人口は三万人ほどだから、郡民のおよそ三人に一人が、たたら製鉄に携わっていた計算になるという。

私の曾祖父母たちが、どのようにたたら製鉄に関わっていたかはわからないのだが、舟場にも三カ所の「たたら」があったらしい。

「たたら」とは、すなわち砂鉄を精錬して鉄を採る「たたら場」のことだ（これに対し真砂から砂鉄を採取する場所を「鉄穴《かんな》」という）。

曾祖父は、ここに関係して働いていたのだろうか。

いずれにしても、日野郡のたたら製鉄は、大正七年（一九一八年）に終わる。

低廉《ていれん》な洋鉄の輸入があっても、日野のたたら製鉄業は、品質勝負で幕末から明治半ばにかけて最盛を迎え、日本の近代化を推し進める原動力となっていた。しかし洋鉄の普及には抗せず、明治三十四年（一九〇一年）に官営八幡製鉄所ができ、政府の鉱業政策が大幅に変わったことで、急速に衰退していく。

それでも近藤家は、日野の製鉄を操業し続け、第一次世界大戦時は特需で盛り返す。しかし、終戦とほぼ同時に鉄の価格が暴落し、大正七年（一九一八年）、ついにすべての山とたたら場を閉じた。これをもって、古代以来の日野郡のたたら製鉄業は幕を閉じたのである。

たたら製鉄との関わりはわからないのだが、祖父・金一の記憶によれば、曾祖父母たちは小作農として生計を立てていたようである。

ハツおばあさん

曾祖父・次三郎は、昭和七年（一九三二年）、私が生まれる十年ほど前に亡くなっているので、私は曾祖父の人となりなどは知らないのだが、曾祖母のハツ（正式にはハツノであるが、ハツで通っていた。以下、ハツと記述する）は、私が十三歳になるまで存命であった。いつも元気で、矍鑠《かくしゃく》としたおばあさんであった。

次三郎の長男で、私の祖父である金一の妻・ふさよは、七人の子どもを産んで、四十四歳の若さで亡くなった。

冒頭で記した通り、母は幼少時に実家に戻ったので、私の母親代わりとなったのは、この曾祖母のハツである。

ハツおばあさんには、それはそれは可愛いがってもらった。腕白盛りの私は、気に入らぬことがあると「クソババア」などと言って、文句を言ったものだ。

そんなとき、ハツおばあさんは、怒ったような、困ったような顔をするのが常であった。曾孫が可愛くて仕方がないものだから、怒ったり怒鳴ったりできないのだ。そんな曾おばあさんの愛情につけこんで、いたずら、腕白ばかりの子どもであったと思う。

もちろん怒られていたのはいたずらが過ぎたからだ。ハツおばあさんは、せんべいがたくさん入った缶を買ってきて、家事や農作業に一息つくと、一人でお茶を入れて、美味しそうにそれを食べていた。ハツおばあさんは、私に見つからないようにそっとそれを隠していたのだが、腕白盛りの私がそれに気づかぬわけがない。ハツおばあさんの目を盗んで、せんべいを全部食べてしまった。からっぽの缶を見たハツおばあさんは、怒るというより、もう完全に呆れたというふうで、「なんでここにあるってわかったの？」とそればかり聞くのだが、もちろん内緒だ。

ハツおばあさんは、大柄で、何事にも動じない、でんと構えた気の強い女性だった。明治の女らしく働き者で、てきぱきとなんでもこなした。物知りだったから、近所の人もあれこれ、困ったことがあるとハツばあさんに聞きにきていた。

私が子ども時分も、すべて自給自足である。田舎というものはおおむねそうだったと思うが、ハツおばあさんは、味噌、醤油、豆腐、漬物、吊るし柿、すべて手作りで作っていた。味噌や醤油は、一年に二〜三回、大量に仕込むのだ。

私の知る限り、ここまですべて手作りを徹底していたのは、我が家のハツおばあさんだけだ。当時の田舎の慣習として、こうした家事は女の仕事だったから、私がハツおばあさんの手作り品を一緒に手伝ったことはないが、遠目には見ていた。

ハツおばあさんが大きな釜で大豆を茹で、それに麹やら何やらを加えて、樽の中で放っておく。蓋を開けて樽を除くと、白い大豆がいつのまにか茶褐色になっている。圧縮されたもろみから、黒いしずくが、ポタ、ポタッと、樽の中に落ちていく。でき立ての醤油は、芳醇な香りを放つ。舐めてみるとほんのり甘い。

今でも時々、あの醤油の香りと、ポタ、ポタッともろみから醤油が垂れていく音を思い出せる。白飯に醤油をかけて食べるだけで旨い。もう今はそんな食べ方もしないが。

自給自足は食物だけではない。ハツおばあさんは、畑に綿を植え、採取した綿花で糸紡ぎをし、機織り機で布に織り、絞り染めで絣《かすり》模様を作って着物に仕立てていた。綿の採取は私もやらされた。やらされたというのは良くないか、割れた実から綿が出てくるのが面白くて、綿の採取は私にとっては、遊びのようなものだったから。染色だけは、舟場にも紺屋（染色屋）があったので、ハツおばあさんはそこに出して、絞り染めできれいな模様を作っていたが、それ以外の全工程は、すべて自分でやっていた。ハツおばあさんが若い時分は、糸紡ぎや機織りは、農閑期の、女の大事な仕事だった。

夏は田んぼや畑の世話で忙しく、農閑期はさまざまな手仕事、ハツおばあさんが若い頃は、家族全員の着るものだって、一家の主婦が作っていたわけで、今、思うと、本当によく働いておられたのだなあと思う。

ふるさと・舟場

舟場は、もともとは「中安井」と呼ばれていたらしい。

舟場村の元村議で郷土史研究家の三好雅美氏編著『舟場の部落史』（一九九三年）によ

れば、この地域一帯は「安井庄」と呼ばれ、舟場は中安井と呼ばれていたという。安井庄の庄は庄園（荘園）を表す。庄園は、奈良時代から室町時代まで存在していた貴族や社寺の私有地のことだが、安井庄もそのような私有地の一つであったということだ。中安井とは、安井庄の中央部という意味らしい。

豊臣秀吉が太閤検地を行って、庄園は廃止になったが、地名としては残った。

中安井村についての最も古い記録は、寛永十四年（一六三七年）、徳川三代将軍家光の時代のものだという。厳島大明神の祀官にあてて神道管領長が出した裁許状に、「日野郡中安井村」との記述があるという。

いつから舟場と呼ばれるようになったのか？

三好氏は、参勤交代が始まって以降だと述べておられる。

同書によれば、寛永十九年（一六四二年）、譜代大名にも参勤交代が課せられることになった。寛永十五年（一六三八年）に松江藩主となった松平直政侯は、参勤交代の江戸までの往復に現在の出雲街道を選び、中安井と根雨を通るために、日野川に渡し舟を設けた。このことからや中安井はいつしか舟場と呼ばれるようになっていったらしい。宿場町となった根雨は、本陣が設置され、栄えるようになった。

（なお日野川流域で舟場・船場とつけられた小字は十二カ所。いずれも渡し舟がおかれたことに由来するという。）

明治期になって、「舟場の渡し」はなくなって、橋が架けられたが、舟場という地名はそのまま残ったというわけだ。

「金ちゃん」と祖母・ふさよ

次三郎とハツ夫妻の長男が、私の祖父・金一である。

明治三十一年（一八九八年）に生まれ、平成三年（一九九一年）まで生きた。明治・大正・昭和・平成と四つの時代を生きた男である。

祖父・金一はともかく真面目で働き者で、酒は飲まず煙草もやらなかった。いわゆる甘党というやつだ。

唯一、趣味らしい趣味というと将棋だろうか。将棋の腕は達者で、私も子どもの頃に指してもらったが、到底、敵《かな》う相手ではない。

忙しい毎日の農作業の合間に、時間を作っては、山仕事（木を切ったり、炭焼きをしたり）をしに行った。山仕事はそれこそ六十代になっても嬉々としてやっていた。ともかく働き通しの男であった。

さすがハツばあさんの子だけあって手先が器用、竹物のほうき、そうき（ざる）、藁の俵、草履等はお手の物であり、売りにいったりしていた。私もおじいさんのお手製の草履を履いていた。

金一じいさんは、我が山裾家の基を築いた人物といっても過言でない。畑と田んぼを手に入れて、それまでの小作農から自作農になった。朝から晩まで懸命に働き、生活を切り詰めながら貯めた金であった。

とても几帳面な人で、便利手帳のようなものを作って、出納についても、細かく記録していた。何かよく手帳にメモしていたり、覗いていたりしている姿は、私もよく覚えている。

気が良くて、頼まれると、なんでも引き受けていたから、村でも何かにつけて「金ちゃん、金ちゃん」と仇名で呼ばれて慕われていた。

祖父が金ちゃんで通っていたから、なぜか私まで「金ちゃん」と呼ばれていた。

金一の妻・笠間ふさよは、根雨から嫁いできた。金一より一つ年上で、金一が十九歳、ふさよが二十歳での結婚、姉さん女房で、しっかり者だった。

その後、ふさよは金一との間に七人の子を産む。上から長男・孝雄（私の父、一九一八年生まれ）、長女・美代子（一九二二年生まれ）、次女・須磨子（一九二五年生まれ）、三女・登美枝（一九二八年生まれ）、四女・菊代（一九三〇年生まれ、生後一年で夭折）、次男・博文（一九三一年生まれ）、五女・春子（一九三四年生まれ）。

ただ、ふさよは昭和十六年（一九四一年）、私が生まれる二年前に、わずか四十四歳の若さで亡くなった。胃ガンであったという。

金一を支え、自給自足の中で金を貯め、つましい暮らしをいとわず、金一に尽くしてきた女であったと思う。七人もの子育ての合間、日々の家事をし、舅たちに仕え、農作業をし、姑と共に、味噌や醤油をつくり、糸を紡いで機を織り、できた反物で着物を縫った。働き通しで、やっと上の子たちは成人してラクになったかと思った矢先での死である。

写真もないので、ふさよの姿格好はわからないが、ふさよの実家の笠間家には、私も何度か遊びにいったので、おじさん（ふさよの兄）のことは知っている。

遊びに行けば、いっちゃん、いっちゃんと、おじさんたちは本当にかわいがってくれ、小遣いやら饅頭やら、たくさんお土産を持たせてくれたものだ。おじさんは、子どもながらに、なんだかとても頭の良さそうな人に見えた。品がいいのである。穏やかな気質の方であった。きっと私の祖母・ふさよもそのような、上品で知的な女性だったのだろう。

叔母さんたち

私が物心ついた頃、父・孝雄の妹たち、つまり上述した叔母さんたちは皆、まだ実家にいた。若い女が四人、広い家の中でぺちゃくちゃとおしゃべりをして、笑い声の絶えない家だった。ハツばあさんは、孫娘たちに、生活の様々な知恵を教え、おばさんたちもハツばあさんと一緒に、学校から帰ると、いろんな手仕事をしていた覚えがある。

長女の美代子は、母の死、また兄が出征・戦死したこともあり、長男に代わって家を切り盛りした。末の子たちは、小学生か中学生であるから、母代わりに面倒をみたようである。また男がするような仕事をやらなくてはならなかったわけで、いろいろと大変だったと思う。その後、大山《だいせん》にある家に嫁がれた。

次女の須磨子は、こちらはハツばあさん譲りであろうか、何というか物事に動じず、いつもでんと構えている感じ。あっけらかんとしていて、面白いおばさんだった。嫁ぎ先は日南町の旧家だった。旧家だっただけに、少々ご苦労もなさったようである。

三女の登美江は、おとなしくて口数の少ない女性だった。ただ強さを内に秘めたような芯の強いひとであり、賢い人であったと記憶している。

若い頃は、町に出て、事務職員として働いていたが、嫁ぎ先は、島根の大田《おおだ》市、石見銀山近くの農家であった。

おとなしい人だから、私に対しては、上のおねえちゃんたちのような可愛がり方ではなく、そっと遠くから見守って、気遣ってくれるような、そんなところがあった。嫁ぎ先のご主人も気さくな方で、今でも時々、遊びに行っている仲である。

四女の菊代は一歳で夭折、五女は春子といった。

春子おばさんにも本当にお世話になった。昭和九年（一九三四年）生まれのおばさんは、私と年が近いこともあって、よく一緒に遊んだ。このお転婆なおねえちゃんと私は、彼女の直情的な気性もあって、よくケンカもした。もちろんすぐに仲直りするが。

高校も同じだったから、同じ先生方に学んだ。

卒業後は、都会生活に憧れ、米子に出た。その後、東京で仕事を見つける。最終的には、神戸の飲食店業の者のところに嫁ぎ、二人で食堂を経営していた。私も神戸大学に行ったから、しょっちゅうおばさんの食堂に、学友を引き連れて遊びにいったものだ。どんぶりもののうまい店であった。

残念ながら春子おばさんも、母・ふさよ同様、若くして亡くなった。胃ガンであった。病室に見舞に行ったときのことは忘れられない。おばさんが治る見込みのない病気と聞き、急いで訪ねたのである。

もともと頑張り屋だった。東京に一人で働きに出たくらいの女である。目的のためには、ぐっとこらえる芯の強さがあったが、不治の病の床にあっても、苦痛と戦い、生きようと頑張っていた。その気丈な姿に、私は見ていられなくなり、思わず病室の外に出てしまった。やせこけた姿も悲しかったし、それ以上に、絶対死ぬもんか病気に負けてなるものかという、おばさんを前に涙など見せるわけにはいかないからだ。昭和五十五年（一九八〇年）、四十代半ばでの死であった。ご主人と娘さんは今も神戸で暮らしておられる。

明治・大正の舟場

日野川の「舟場の渡し」が廃止され、橋が架けられたのは明治三十七年（一九〇四年）。しかし水害は毎年のように起こっていて、橋もたびたび流出しては架橋され直してきたらしい。

日野川は、水害が多い。

たたら製鉄は、かんな流しで川床をあげ、燃料として木を大量に伐採をすることから、山が崩れやすくなる。それで日野川流域では、昔から、しばしば大規模な水害が起きた。

堤防は、明治の初めに、舟場川河口をはさんで上ミ新田から袋尻までの沿岸に整備されたことがわかっているが、新たにつくられたものなのか、それとも修築であったのかはよくわかっていない。いずれにしても明治期のはじめに作られた小さな堤防も、その後、たびたび起きた水害のたびに補修してきた。現在の、しっかりした大きな堤防になるのは昭和五十年（一九七五年）のことだ。

三好雅美氏は『舟場の部落史』の中で、たびたび起こった災害や飢饉について記録しておられる。

それによると、明治期には大きな水害が二度ほどあったようだ。昭和に入っても昭和九年（一九三四年）の室戸台風による日野川の被害はひどく、日野川の橋梁のほとんどが流出したという。舟場も堤防が決壊し、甚大な被害を受けたらしい。

災害は水害だけではない。当時はまだ「がしん」（飢饉のこと。この呼び名には諸説あるが、餓死が転じて「がしん」になったという説もある）がたびたび起こった。凶作のたびに、がしんになった。がしんになると、葛の根、笹の芽、草の葉すら食べたらしい。

明治三十一年（一八九八年）の区長の記録には、がしんのため、葛の根掘取をした記述があるという。

三好氏は、当時の「村中申し合わせ」の記録も調べておられた。「村中申し合わせ」とは、江戸時代にあった「五人組」の名残で、村のしきたりや戒めを決める寄り合いのことだという。申し合わせでは、たびたび凶作の際の取り決めが出てくるらしい。

たとえば大正四年（一九一五年）の村中申し合わせでは、「本年不作ニ付向フ一年間節倹法」として、「生死ノ時、酒類ハ一切廃止ノコト」等を定めている。実父・孝雄はこの年の生まれだから、まだ凶作や、がしんと隣り合わせの暮らしだったのだろう。こうした凶作時の「節倹」のとりきめは、昭和に入っても記録があるという。

災害に加え、疫病もあった。赤痢やチフスが流行り死者が出たこともあったという。明治の頃は村に病院などないから、外部と隔離し、お祓いや祈祷を頼む以外に手だてもなかったという。

『舟場の部落史』では、大正元年（一九一二年）の村の家の形態の記録についても記している。

その頃の舟場村の家の戸数は四十五くらい。そのうち畳が敷いてある家は三十二戸。畳がまったくない家が十三戸あったということだ。畳が敷いてあるといっても大半が六畳間に敷いてあるだけで、八畳間二つに畳が敷いてあったのは四戸しかない。

畳がないということは、むしろか、むしろの上に茣蓙《ござ》を敷いていたということだ。

曾祖父母たちがどのような暮らし向きであったかは知らないが、当初は小作農であったと聞くし、そんなに暮らし向きが良い方だったとは思えない。私が生まれた頃の山裾の家は、すでに大きな二階建ての田舎屋で、戦後の混乱で物資は不足していたが、私自身が食うに困った記憶はない。家も生活も皆、曾祖父母や祖父母たちが苦労して築き上げてきたものである。改めて先人たちに感謝したい。

第二章　少年時代

母との別れ

母・美津枝が山裾の家を去ったのは、私が五歳のときであった。

すでに物心はついていたから、母と過ごした日々のことは、もちろん覚えている。

母の隣で一緒に寝ているのに、どういうわけか朝起きると、隣にいるのはハツおばあさんであり、不思議だったことも何となく覚えている。

母が何かきっぱりした様子で、「お母さんお願いします」と言いながら、私をハツおばあさんに抱かせながら、何か話している。子どもだって雰囲気くらいは察する。幼心に何か、別離の予感のようなものはあった。でも、母から、「みんなの言うことを聞いて、いい子にしているんだよ」と言われたとき、母の命《めい》だから、言うことを聞かなければいけないような気がした。

母が事あるごとに、私の写真を撮りたがったのも、やがて来るであろう別れを意識してのことだったのだろうか。幼い私は、そんな大人の事情など知る由もなかった。

私は今でも、何か節目があると、写真を撮りたくなる。残しておきたくなるのだが、これは幼少の頃、母によく写真館に連れて行ってもらったことに起因しているのかもしれぬ。

母が美用に帰る日も、私たちはまず写真館に行って写真を撮った。その日が別れの日だとは知らなかった。母は何も言ってくれなかったから。

今思えば、私に言わなかったのは、言えば私が泣き出してぐずると思ったのかもしれない。泣かれてしまったら、つらくて実家になど帰れなくなってしまうからかもしれない。

しかし当時の私にはそんな母の胸中など知りようもない。

晴れた日だった。写真館を出て、美代子叔母さんもやってきて、一緒に駅に行き、母だけが汽車に乗った。状況を理解した私は美代子叔母さんの背中でぐずったが、そのあとのことは覚えていない。多分、泣きつかれて眠ってしまったのだ。

その日の写真を受け取ったのは、それから何年もあとのことだった。母が訪ねてきて、私にその写真を渡したのだった。

私はきょとんとして母の腕の中に抱かれていた。

母がなぜ美用に帰らないといけないのか、私には知る由もなく、祖父や曾祖母たちにも、聞いてはいけないような気がしたので聞かなかった。ただ私は、母は舟場の家より、美用の方が大事だったのだろうと思っていた。しかし突然いなくなってしまったことに、少しだけ腹を立てていた。ちゃんと教えてほしかった。

こうして私は山裾家の息子として育てられることになった。祖父、曾祖母、叔父さんと叔母さんたち。この大家族が私の育ての親になった。

育ての親たちは、私を可愛がってくれたから、母との別離を悲しむ暇《いとま》もなく、舟場の豊かな自然の下、健やかに成長していくことができた。

当時の農村には、まだ「仮親」というしくみがあった。仮親とは、実の親以外が育ての親になることを言う。育ての親、名付け親、取り上げ親などの単語は、こうした習慣の名残だ。子どもは親のものというより、村や共同体のもので、皆で育てていくという考えである。実の親以外によって育てられることは、農村では、それほど珍しいことではなかった。ましてや終戦直後だから、実の父が戦死して、養父母や「仮親」によって育てられている子どもたちは、他にもいた。

私の少年時代とはすなわち、これらたくさんの父・母との物語でもある。

博文さん

博文さんは昭和六年（一九三一年）、山裾金一・ふさよ夫妻の次男として生まれた。大正七年（一九一八年）に長男の孝雄が生まれて以降はずっと女の子ばかり。女が四人続いたあとの、やっとの男の子である。

次男坊として育てられた博文だが、長男の孝雄が戦死したことで、人生が大きく変わってしまった。家督を継がなくてはならなくなったのだ。兄弟姉妹は女ばかりだったから、山裾家の男手として、幼い頃から働き通しであった。

私が生まれたとき、博文さんは十二歳。私が物心ついた頃は、高校生になっていた。とても頭のいい人だったから、上の学校にも進学したかったのかもしれないが、家の大事な働き手であったこともあり、進学はせず、一時期、郵便配達員として地元で働いていたが、いつしかそれもやめて、毎日、農作業と山仕事に精を出されていた。

博文さんは私にとって、正確には叔父だが、叔父というより、兄貴であり、父のような存在でもあった。私はいつも、「博文さん」と呼んでいた。

博文さんは働き者でデキパキとよく動く。気のいい男で、いろんな頼みごとを気軽に引き受けていた。朝から晩まで働き通しで忙しいのに、どこからかアコーディオンなんかを買ってきて、聞いたこともないようなメロディを弾いていたりする。新しもの好きでもあった。

博文さんは鉄砲撃ちでもあった。山に入ってウサギやらイノシシやらを捕ってきてくれた。キジやライチョウもあった。ライチョウは今では天然記念物だが……ウサギの肉のうまさは今も忘れられない。柔らかい中にも噛みしめると野趣の味がある。

イノシシやウサギの皮は、木に打ち付けて干す。毛皮は、襟巻にしたり、座布団にしたりした。しかしそれも私が小学校高学年になったくらいに博文さんが犬を飼い始めたことで終わった。犬を飼うようになり、「動物が可哀想になった」のだという。

というわけで、ウサギは、もう食えなくなってしまった。

小遣いのもらい方

あの当時、田植えと稲こぎは一家総出で行うものだったし、それ以外にも、子どもたちはいろんな家の手伝いをするのが常であった。

そうやって家のお手伝いをすることで、お小遣いをもらったりした。

もっともお小遣いをもらう別の方法もあった。

私は学校から帰ると勉強なんかしない、近所のいたずら小僧たちと、日が暮れるまで遊ぶのが常だったが、そんな私に、博文さんはある奇策を思いついた。

「じゃあ、今日はいっちゃん、三の段だ、ゆうてみ」

「さんいち（3×1）が3、さんに（3×2）が6、さざん（3×3）が9……」

こんな感じで、掛け算の九九を暗誦させ、ちゃんとできたらお小遣いをくれるのだ。九九だけでなく、いろいろな計算や漢字など、そんなふうにクイズみたいにして私に覚えさせ、できると小遣いをくれた（今思うとできなくてもくれたのかもしれぬ）。

宿題もまともにしなかったが、良い成績を修めることができたのも、博文さんのこの小遣いレクチャーがあったからかもしれない。

小遣いをもらって駆けっていく先は、本屋さんだ。当時、舟場には久保田書店と近藤書店という二軒の本屋さんがあった。私は、ここで雑誌や漫画を買うのが楽しみだった。

小学館の「小学○年生」、秋田書店の「冒険王」（創刊当初は「少年少女冒険王」）は大好きで毎月欠かさず買ったものだ。「小学○年生」は古い雑誌で戦前からあるが、冒険王は、創刊まだ間もなかった頃で、当時の新進気鋭の漫画家たちの作品がたくさん載っていた。「沙漠の魔王」「少年ケニヤ」「イガグリくん」「赤胴鈴之助」「白虎仮面」……食い入るように読んだものだ。

ビー玉やめんこも買わなくてはならぬ。色のきれいな大きなビー玉は子どもたちの人気だ。ビー玉同士をぶつけて遊び、勝ったものがそれをいただくというゲームをしてよく遊んだ。戦利品のビー玉は、自分だけのとっておきの場所に埋めて隠しておく。

分捕りものを手にした海賊の気分で、宝物は埋めて隠した。

あの頃、近所のいたずら小僧たちとは、日が暮れるまで山や川で遊んでいた。山では、罠を作って鳥を捕ったりしたっけ。これも食べるためというより、捕るのが面白くて。鳥には可哀想なことをした。

川では、魚取りをよくした。ウナギやテナガエビが取れることもあった。ウナギを狙うときは、事前に田んぼにいき、ドジョウを捕った。ウナギはドジョウが好物なのだ。捕れたウナギは、近くの料理屋にもっていったりした。確か六十円くらいで買い取ってくれた。

乳牛がうちに来た

私が小学校六年生のときだったか、博文おじさんは、また面白いことを一つやりだした。乳牛を飼い始めたのである。

牛は、田畑を耕し、糞尿で土を養うから、農家には必要不可欠の存在だ。ここ舟場でも牛は昔から飼われていて、村で共同飼育していたという。明治期になると、農耕としてだけでなく、子牛の売買や食肉用としても和牛を飼う農家が現れ、貴重な現金収入となっていた。村で共同の牧場飼育をしていたりしたというが、脱走した牛が峠を越えて隣まで逃げ人を負傷させたりしたこと、また日中戦争が始まると、それどころでもなくなり、その後、飼われなくなったという。

舟場でまた牛の生産が始まるのは昭和二十年代の終わりくらいからのようだ。以前と同じで、皆は食肉用の和牛をやりだしたが、博文さんは乳牛を始めたのだった。

これは博文さんの小さな頃からの夢が、「北海道へ移住して自ら農地を開拓し、広い敷地で酪農と畜産を始めること」であったことも影響しているだろう。

家督を継がねばならなくなったので北海道移住は叶わなかったが、酪農への思い捨てきれず、実家で始めたのだった。

ただ始めるにあたり心配もあった。というのは、大正の頃、舟場で乳牛を飼った家があったそうなのだが、当時はまだ牛乳を飲む習慣もなかったため、売り先がなく、結局、廃業されたのだという。ただ世の中も変わり、根雨にも牛乳屋なるものができていたし、鳥取の別の地域でも乳牛をやりだした人の話が聞こえていた。

牛は、当時、この地域では珍しい白黒のホルスタイン種。白黒の派手な色彩のその牛は、汽車で根雨駅までやってきた。

もちろん、メスの乳牛が一頭いたところで、乳は出ない。それで近所の和牛と種付けをしてもらい、待つこと十カ月、ようやく待望の乳が出た。

毎・朝夕の搾乳は博文さんの大事な日課だ。私も横で見ていて、やりたくて仕方がなかったのだが、これぱかりはあまりさせてもらえなかった。搾乳は、ピーピーと水鉄砲みたいに出していくのだが、バケツの中に収めるのが難しく、私がやると外にこぼれてしまう。また力を入れないと搾乳できないが、力任せにやると牛が痛がる。力は入れつつ痛がらないように優しく絞ってあげなければならない。その加減が難しく、嫌がる牛が、バケツを蹴飛ばし、だめにしてしまったこともあった。

取れた牛乳は、煮沸して殺菌する。私の仕事は、牛乳を根雨の牛乳屋さんまで自転車で運ぶこと。博文さんが牛乳缶を荷台にとりつけてくれ、それを三キロ程度だろうか、自転車で運んだ。

牛乳缶は三十キログラムくらいあったから、中学生で、身体も大きくなってきていたとはいえ、かなり重い。一度、缶を倒してしまい、その日一日の仕事をすべて無駄にしてしまったことがあった。ちゃんと終えると、博文さんからお小遣いがもらえた。

牛乳は、牛乳屋さんで瓶詰され、確か、一瓶十五～二十円くらいで売っていたと思う。ラーメン一杯が八十円くらいだった時代だ。

牛が来たことで、牛の餌にする青草取りが私の仕事になった。牛は、青草を含め、干し草やら穀類やら、一日二十～三十キログラムくらいの飼料を食べるから、草取りは大事な日課であった。荷車に乗せて運んだものだ。

牛は、私が実家にいた頃は一頭だけだったが、その後、博文さんは少しずつ増やし、一時期は大山乳牛組合にも出荷していた。

田植えと稲こぎ

田植えと稲こぎは、農家にとって年に二回の一大イベントだ。このときは一家だけでなく、お隣さんや親せきなども来て、皆で行うのがならわしであった。

山裾家では、大下《おおしも》さんご一家が手伝いにくるならわしだった。

大下家と山裾家の縁は深い。大下さんのご両親は、我が父・孝雄の「仮親」になったので、大下さんと父・孝雄は義兄弟の間柄なのだ。

大下さんは、孝雄と美津枝の仲人でもあるが、義兄弟同士、互いに面倒をみあっていたのだと推測する。

田植えは本当に大変な作業である。ぬかるみの中で作業をするので、足が泥水に濡れ、気持ちもよくない。延々と稲を植え付けていくので根気もいる。

もう今では手で田植えをしている村など、日本には皆無であろうが、あの頃は、コンバインなんて便利なものはないから、手で植えていたのだ。山裾家にコンバインが来たのは私が成人してからのことだ。いやはや、本当に便利なものだと感心した。

田植えが終わり、夏になると、今度は雑草の季節。夏の暑い盛りは、田も野菜もよく育つが、雑草もよく育つ。草取りは、虫には刺されるわ、蜂に刺されるわで大変な作業なのだが、これも子どもたちの日課の一つであった。

しかし子どもとは元気なもので、草取りが終われば、近所のいたずら小僧たちと集まって、山や川に遊びに行く。日野川は天然のプールだ。

稲こぎ（脱穀）は、昔ながらの千歯こぎに加え、足踏み脱穀機があった。やはり大下さんが手伝いに来るのが慣例だった。

私は大下さんが大好きだったから、彼が来てくれるときはいつもはしゃいでふざけていたものだ。

まだ母が舟場にいた頃であったが、稲こぎを終えて、汚れた身体を洗うために母と風呂に入ったあと、おじさんを笑わそうと、「母ちゃんのチンコには黒いゴミがついとった」というとおじさんは大笑いしていた。母は隣で苦笑していた。

ただあのとき、正直言うと、私はすでに〝察知〟していて、母と一緒に風呂に入りながら、母の様子が違うことを感じていた。

山仕事

農閑期は、博文さんとよく山に入った。木を伐りにいくのだ。

本来、山仕事とは危険と隣り合わせの作業でもあった。だからここ舟場では、山仕事に入る前は、独自の習慣があった。山仕事をお願いする人は、山に入ってもらう人にお祝いをしなくてはならないのだ。

饅頭屋に饅頭を食べきれないほど持ってこさせ、もてなすのがならわしになっていた。私は山仕事にお供すると、饅頭を好き放題食べさせてもらえるのが嬉しくて、それで博文さんについていっていたようなところもある。

饅頭は山に入る前と、山から帰ったときに貰った。大人たちは、それ以外にも、何か大人同士で、お礼のやりとりをしていた。

あの頃はテレビなんてものもないから、大人は朝から晩までよく働き、子どもは学校に行き、家に帰れば手伝いをし、その合間に子ども同士で遊び回って一日が終わる。

ほとんどの子たちは、学校が終わったあとに手伝うだけだが、中には学校にすらあまり来られず、手伝いばかりさせられているらしい子もいた。家によって、いろんな事情があったのだろう。

幸い、私の家は、食うに困るとかそういうことはなく、質素ながらも普通の暮らしを営むことができた。これも小作から身を立てた祖父・金一や、朝から晩まで働き通しだった博文さんたちの努力があってこそであり、本当に、私は恵まれていたのだなあと思う。

延子おばさん

昭和三十年（一九五五年）、私が十二歳のとき、山裾の家に、色白のきれいな女の人がやってきた。博文さんの妻・延子《ながこ》さんだ。

延子さんは美しいだけではない。趣味は読書という、当時の田舎にしては珍しい才媛だった。当時の旧農家では珍しく女学校を出ておられたのだという。生まれは昭和六年（一九三一年）で博文さんと同い年、日野郡江府《こうふ》町の出身で、篠田藤吉・貞子夫妻の長女であった。

延子おばさんには、中学・高校と、本当によく面倒をみてもらったなあと思う。延子おばさんが来てその次の年に、ハツおばあさんが亡くなったので、延子おばさんは、大家族の主婦として、この田舎屋を切り盛りしなくてはならなくなった。おばさんの作る料理は、味付けも盛り付けもちょっと洒落ていて、とても美味しかった。オムレツやらカレー、餃子、ソテー……洋風なもの、中華風なものも混じり、食べ盛りの私の胃袋を支えてくれた。

延子おばさんは、一言でいうと、おおらかで裏表のない気性のひとだ。裏表がなくて直接的にものを言うので、誤解されやすく、悪く取られたりすることもあったようだが、そういうことはつきあっていくうちに誤解も解けていこうというもの、たくさんの友人ができるのに時間はかからなかった。

村では「なーちゃん」と呼ばれ、親しまれた。道端沿いの私の家は、博文おじさんと延子おばさんの人徳のおかげで、絶えず、いろんな人が入れ替わり立ち代わり立ち寄っていたと思う。

仲睦まじい夫妻だったが、子宝に恵まれなかった。私は、弟（分）というものが欲しかっただけに残念だったが。

延子おばさんは、平成三十年（二〇一八年）に亡くなった。八十七歳であった。

現在、博文さんは九十歳でまだ矍鑠としておられるが、最愛の嫁がなくなり、一人で食事を作り、一人で食べるのがつまらないようで、外食で気を紛らわせている。妻を亡くすと、男は一気に年を取るというが、博文さんは淋しい気持ちを、農作業で紛らわし、今もコンバインに乗っているのだから大したものだと思う。

戦中の舟場

私が生まれた昭和十八年（一九四三年）は、アッツ島の玉砕など、戦局が悪くなっていき、学童疎開が始まった時期であった。

米子が空襲を受け、機銃掃射でたくさんの死傷者を出したのは昭和二十年（一九四五年）七月二十八日。当時の区長の記録を調べた三好雅美氏によれば、この日、四国沖を出た米軍機三十数機が伯備線に沿って北上し上空を飛んでいったのが根雨で目撃されているという。

物心ついた頃はもう戦争は終わって平和な時代になっていて、そんな殺伐とした時代があったことなど嘘のようであったが、当時のことも、「日野郡史」や三好雅美氏の『舟場の部落史』などに記録が残っているので、本書にも引用させていただく。

三好雅美氏が『舟場の部落史』でまとめたところによると、昭和六年（一九三一年）の満州事変以後、村では若者が兵役で召集され、戦死・戦傷者が出るようになる。昭和十六年（一九四一年）に太平洋戦争に発展してからは、物資も不足する中、供出品も出さなくてはならず、夜は「灯火管制」で明かりをつけることもままならない緊張の日々であったことが記されている。

同書によると、供出品は、酒や米、干し草などだが、戦争末期になってくると、松根油が求められたという。飛行機の燃料の代替にするのだという。村の者数名で、当番制で山に入り、松を傷つけて油を採取したという。

来るべき本土決戦に備えてということで始められた「ち号演習」では、舟場の者も多数、動員された（各戸、男性一人が徴用され、スコップや鍬やらは自前で用意しなくてはならなかった）。指定された日に、岸本町の越敷山《こしきさん》に行き、壕を掘ったのだという。

これは、敵が皆生《かいけ》海岸に上陸した場合に備えての壕掘りだったそうだが、当時、動員された人たちには、目的は知らされていなかったらしい。

根雨の高等女学校にも、皆生海岸上陸に備え、総武兵団が駐屯していたという。

鳥取県の「県史だより」第六四号「ち号演習の発見」および第一一二号「ち号演習と高城飛行場」によると、鳥取県内の「ち号演習」は、昭和二十年（一九四五年）五月五日から八月上旬まで、延べ五、六十万人が動員されたという。県内の山に、狙撃陣地や蛸壺、食糧や武器貯蔵庫などの穴や壕を掘った。その数、五百以上になるという。落盤による死傷事故もあったらしい。日当は男二円、女一円五十銭であったというが、支払いはされていないという。

『舟場の部落史』によれば、昭和二十年（一九四五年）、黒坂の日野農林学校と溝口の国民学校に陸軍の部隊がおかれた。敵軍に占領された場合、素手で対抗するしかないので、ゲリラ戦術を伝授するための演習が行われたという。

実父・孝雄は、昭和二十年（一九四五年）三月、ビルマにて戦死した。戦争が終わるのは八月だから、仏間に飾られていた父の写真を見ながら、お父ちゃん、あと半年頑張ってくれたらなあと思ったりした。

子どもの中には、父が戦死した子もおれば、無事、帰還された方もおられた。

三好氏は、『舟場の部落史』の中で、日野町誌に出ていた戦死者の記録もまとめておられる。それによると、舟場村の戦死者は十三人。帰還した者は三十六人だから、出征した者のうち、約二割強の若者が戦死したことになる。戦没年月日は、太平洋戦争勃発までに戦死した三人を除けば、昭和十九年（一九四四年）秋以降に集中しており、昭和二十年（一九四五年）春から夏にかけてが最も多い。戦没地はフィリピンやサイパン、ビルマなどの南方がほとんどである。部隊すべてが全滅するような激しい戦闘だったのだろうか。生死の明暗を分けたのは、どこに派遣されたかの運・不運なのだろうか。

戦没時の年齢は、三十歳の者が二人いるほかは、いずれも二十代。一番若い者で二十歳であった。

我が父の記録もある。

山裾孝雄　没昭和二十年三月二十日（二十八歳）

ビルマ・タウンガップビデ村（ビルマ派遣一〇一三部隊）

第三章　学友たち

舟場と根雨が統合になる

舟場の〝学校問題〟は、明治以来の舟場の悲願であった。

明治期に創設された安井尋常小学校は、日野村の子どもたちが通うためのものだが、舟場からは立地が遠い。しかも危ない断崖の小道を通らなくてはならない。

それに対し、根雨町立根雨小学校は舟場からも見える場所にある。もともと根雨と舟場は近いから、普段から人の行き来もあり、舟場の者としては根雨の方がなじみがあった。

それで根雨町と合併して、学校も根雨に統合させるというのが舟場の悲願だったのだが、日野村の他の地域は、根雨との合併を望んでいなかったから、なかなか実現しなかった。部落を挙げての反対運動を起こしたこともあったが、うまくいかなかったらしい。

しかし戦後の市町村合併の追い風に乗り、根雨が日野町として統合され、学校も根雨小・根雨中に通えることになったのだった。

私が小学校四年生のときだ。こうして五キロ近い道のりを歩いていた安井小学校から、その半分くらいの二キロ弱程度の距離になり非常にラクになった。新しい友だちもたくさんできた。

小学校時代の私は、どちらかといえば小柄な子どもだった。背が伸びるのは中学校に入ってから。

私が小学校にあがったときは、家族みんなでお祝いしてくれて、祖父の金一お爺さんは、私に大きなカバンをプレゼントしてくれた。カバンだけではない。筆記具を入れるための箱も何も、長期に使用できるようにと丈夫で大き目のものを買い揃えてくれた。おかげで「おまえ、カバンが歩いとるぞ」と友人たちからからかわれたのも楽しい思い出だ。

これは中学に上がったときも同じで、私の制服は皆のより上も下もダブダブであったが、祖父たちの思ったとおりですぐに大きくなり、買い直さなくても大丈夫だった。

なんであれ物品を持つときは、いいものを揃えるようにし、丁寧に使い、手入れをきちんとして長持ちさせるという〝哲学〟を、私は金一じいさんから教わったような気がする。カバンも靴も制服も筆箱も、ともかく物というものは、丁寧に使い、手入れをきちんとするよう、幼少のときから癖をつけてくれた。

小学校時代の私は、理科と算数と体育が好きだった。

普段から山や野を走りまわるのが好きだったこともあって、足は速かった。

足が速いのは博文さん譲りであったかもしれない。博文さんは、長距離ランナーでもあり、駅伝の大会などにもよく出ていた。町民運動会ではいつも大活躍だ。博文さんは、一時期、郵便配達をしていたが、そのときも走って配達していたという。否、走るのが好きだから郵便配達になったと言っていた。

私も博文さんから、「走り方」を伝授してもらった。短距離を走るときは、自分で目標を定め、その一点だけを見て、そこめがけて走ると速く走れるのだという。

あるときの町民運動会では、一般の部で博文さん、少年の部で私が優勝したこともあった。

いたずらで名を知られるのはよくないが、足が速いことで知られるのは悪くない。

母と義弟たちと会う

根雨の小学校に転校してしばらくしたときのこと。帰り際に、先生が言った。

「お母さんが舟場の橋のところで待っておられるよ」

母は離別したあと、一度だけ、妹さんといっしょに舟場の家に来たことがあった。

少々、驚きつつ、十分ほど歩いて橋のたもとに着くと母がいた。本心を言えば嬉しかったが、何と言っていいかわからず、適当に挨拶した。

母は私に、変わりはないかとか言いながら、まだ身体の小さかった私に、それこそ持ちきれないいんじゃないかというくらいの大きな袋を差し出した。袋の中には、お菓子がいっぱい入っていた。

一瞬、手が出かけたが、

「いらないので持って帰って」

と言った。

何か、嬉しいという感情を出したらいけないような気がしたのだ。

母は美用を選んだのだし、それなのに母に思慕を抱くのは、現在、私を育ててくれている金一おじいさんやハツおばあさんや、美代子おばさんや、博文兄さんや、山裾の大好きな家族たちに対して、いけないことのように思えたからだ。

せっかくの贈り物を受け取ろうとしない私に、母は困って、「いらないの？　そう、いらないの？」と恐る恐る聞く。私はどうしたものかと困惑しつつ、首を横に振るだけだった。

そんなことがあってしばらくして、母が山裾の家を訪ねて来た。今度は二人の小さな男の子を連れていた。母が言った。

「いっちゃんの弟だよ」

俊夫君と哲夫君というのだという。私たちはすぐに意気投合した。

母の弟（つまり私の叔父さん）が、私たちのために凧を作ってくれたそうで、三人で凧あげをして遊んだ。初めて「お兄ちゃん」と呼ばれ、少々照れくさかったが、お兄ちゃんになれて嬉しかった。

その後、また弟たちが舟場に遊びに来てくれた。とても嬉しかった。二人とも活発で、それでいて思いやりのある子どもたちであったと思う。

母の再婚先である米子の前川家にも遊びに行ったことがある。米子は大きな町だった。私はそのとき初めて米子に行ったのだ。

弟たちのお父さんに会うときは、とても緊張していたのだが、私の緊張を解きほぐすように、あたたかく迎えてくれた。とても優しそうなおじさんだった。

弟たちと一緒に、おじさんも遊んでくれた。お菓子をたくさんもらって帰ったのを覚えている。

パイロットになりたかった

小学生の頃、将来はパイロットになりたいと思っていた。理由は簡単。友だちのお父さんがパイロットだったからだ。戦死されたというその人の写真が飾られていて、それがとっても格好良かったのだ。飛行機を背に撮っていた。

もともと乗り物や機械が好きだったから、それを操縦することに憧れもあった。

橋や道路を作る人になるのもいいなと思ったりしたが、やはりパイロットがいい。

しかし、中学生のとき、野球をしていてボールが右目を直撃し、視力が落ちてしまった。視力回復のために通院したが元には戻らなかった。パイロットは目が良くないと慣れない職業だから、残念ながら諦めざるをえなかった。

それで目標を変えて、橋や道路を作る人になろうと思った。

お祖父さん曾祖母からは、昔、たびたび日野川が氾濫し、そのたびに橋が崩れて、根雨に行くのにも大回りをしなくてはいけなかったことなどは聞いていた。氾濫はもちろん、私が子ども時分にもたびたび起こっていたから、堅牢で丈夫な橋や道路、堤防の技術があってこそ、生活が守られるのだということも痛感するところであった。もともと、理科や数学が好きだったから、自然に、道路や橋などの土木に関心が向くようになっていた。

視力が落ちたことで逆に進路は定まり、私は橋や道路を作る仕事に就くわけだが、あのとき、視力が落ちるという不運に遭わなかったら、もしかしたら本当に旅客機でも操縦していたのだろうか？

親友たち

小学校六年生のとき、どういうわけか児童会長に抜擢された。卒業式のときは一学年三十人を代表して答辞を読むなどと言う大役を仰せつかり、無事、根雨小学校を卒業した。その後、同じ根雨の根雨中学校に進学する。

友だちはたくさんいたが、いちばん思い出深いのは、富田克彦君と砂流一正君だろうか。

富田君は、中学・高校と同じ野球部員でもあった。富田君のお父さんも戦死していたから、その意味でも共通項が多かったのだ。よく富田君の家の二階に上がりこんで遊んでいたなあ。

富田君は残念ながら二年ほど前に亡くなった。突然の訃報であった。あのときは本当にショックだった。お互い忙しくてあまり会えていなかったが、まだまだいろんな話をしたかったし、なんで先に逝ってしまったのだろう、本当に悔しい。

砂流君とは魚取りをよくやった。子どもの頃から、家の手伝いをよくしていて、畑や田んぼ仕事の知識も豊富だった。砂流君は百姓の親分という感じで、今も元気で舟場で頑張っておられる。現在は、畑を大きくし、らっきょう、すいか、なす、とうきび等、いろんな野菜を作っている。若手の相談にもよく乗っておられる。

富田君や砂流君をはじめ、我らがいたずら小僧たちの〝たまり場〟は、正音寺の境内や、舟場のお宮さんのところだ。

この正音寺は、古い歴史のある寺だ。建立は正確にはわかっていないが、十三世紀にまで遡るのではないかと言われている。というのは、この寺、阿弥陀無量寿如来を本尊としているからだ。

何度も引用させていただいている三好雅美氏の『舟場の部落史』によれば、十三世紀半ばに生まれた時宗（浄土宗の流れをくむ。阿弥陀信仰を特徴とする）の派の者たちは、因幡《いなば》やここ伯耆《ほうき》にしばしば遊行《ゆぎょう》に来ていて、阿弥陀如来信仰を広めたのだという。しかし、その後、禅室珍日《ぜんしっちんもく》によって曹洞宗がこの地に広まり、応仁の乱以降は、伯耆では曹洞宗が圧倒的主流になるので、正音寺の基は応仁の乱以前と考えられている。

その後、寺は住職のないまま衰微していたが、恵金和尚によって再興され、同じ町内の延暦寺の末寺として曹洞宗に属することになった。

天明五年（一七八五年）、徳川家治の時代に「再建」されたことがわかっている。大正の末期にも移築、再建されたから、私が子ども時分は、建物自体は、まだそれほど年月の経った風ではなかった。

私はこの場所が好きで、しばしば一人でも来たものだ。静かな境内で、風の音や葉のすれる音を聞きながら、寝っ転がっているのが好きだった。

根雨高等学校に進学

高校は鳥取県立根雨高等学校に進学した。

野球部に所属し、毎日、野球に明け暮れていた。我が部は結構強くて、県大会で上位に進出し、鳥取県代表として中国地区大会にも出場したほどである。

また、足の速さを見込まれ、陸上部から声をかけていただいた。陸上部に在籍はしなかったが、駅伝大会にも選手として出場させてもらった思い出がある。

高校生になると、友たちとの語らいの場も、舟場の山や川や寺の境内ではなく、映画館や、ラーメン屋やらになっていった。

ラーメン屋「森」にはお世話になった。旨かった。部活で疲れた胃袋に、森のラーメンは旨かった。

当時、すでにテレビはあったが、大衆の娯楽と言えばまだ映画であった時代である。根雨にも映画館が三軒あり、いつも賑わっていた。そのうち一軒の名前は憶えている。確か「ことぶき館」といった。

私も仲間たちと、よく映画館に出入りしていた。東映、東宝、日活などの日本映画もよくみたが、洋画のカラー映画の美しさも忘れ難い。

あの頃観た映画で好きな映画は？と聞かれたら、まず「禁じられた遊び」「シェーン」「十戒」が思い浮かぶ。「禁じられた遊び」はストーリーのもの悲しさが胸を打つ。「シェーン」は、シェーンという男の生きざまが、もう格好良すぎて、見惚れてしまった。「十戒」は内容もさることながら、コスチュームの美しさやスペクタルが素晴らしかったと思う。

初恋はいずこに

さて、私だって、十代ともなれば、〝色気づく〟と言いたいところだが、男友だちはすぐにできるのだが、女性にはオクテで、意中の女性を前にしても、いつも緊張するばかりだった。

中学生のとき、ラブレターをもらったことがある。しかし嬉しいやらびっくりするやらで、おどおどするばかり。結局、呆れられてしまったようである。

ガールフレンドの話となると、まず思い出すのが富田君のことだ。

野球部の後輩たちと飯会をしていたとき、ある後輩に〝文通相手〟がいることが分かった。「おい、おまえ、誰と文通しているんだ」と冷やかすも、恥ずかしがってなかなか白状しない。

しかし、とうとうその名前を聞き出すのに成功したとき、富田君は黙ってしまった。

その後輩の文通相手は、富田君の文通相手だったのだ。

しかも黙ってしまったのは富田君一人ではなかった。別の後輩も、驚きの声をあげた。

「え？　俺も彼女と文通しているけど」

富田君のガールフレンドは、部の他の後輩たちとも文通を重ねていたようなのだ。富田君には悪いのだが、絶句している顔が面白くて、私は心の中で笑い転げていた。私だけでない、文通相手でなかった面々は、皆、腹の中で必死に笑いをこらえていたに違いない。

あの頃の私たちときたら、そろいもそろって、オクテで恥ずかしがりの田舎者ばかり。都会の若者のように洒落たこともできず、後ろでモジモジするばかりである。

高校の修学旅行は秋吉台の鍾乳洞だった。特に最後の日は、クラス単位で行動できたので、女子生徒たちも交えたグループで、あれこれ見学したりした。とても楽しかった。あのときの写真は今もうちのアルバムに大事に飾ってある。

あの頃、どきどきしていた女子学生たちのその後は知らないのだが、皆、八十歳近くのお婆さんになっているのだなあ。元気にしておられるだろうか。

神戸大学工学部を目指す

高校生になると、さあ、進路も真剣に考えねばならぬ。

一郎のためにと、曾祖母や祖父たちは、実父・孝雄の遺族年金を積み立てしておいてくれた。

だから、私が道路や橋を作る技術者になりたいと思っていることを告げると、ならば大学進学した方がいいということになった。博文さんは、家の手伝いをしなくてはならなかった都合上、大学進学はしなかったから、博文さんに悪いという思いが頭をかすめたが、私に大学進学を一番強く勧めてくれたのは博文さんであった。

だから頑張ってみようかなと思った。

技術者にもなりたかったが、その頃、博文さんと一緒に行う牛の世話も楽しかったので、酪農を勉強しに北海道の大学に行きたいなとも思った。そうすれば卒業後はここに戻って、家族みんなで働ける。親孝行ならぬ祖父叔父叔母孝行ができる。

しかし農業大に行って、酪農の勉強をしたかったが家のために諦めた博文さんのことを思うと、それはしてはいけないことのような気もして、技術者として生きるべく、工学部に行くことにした。

選んだのは神戸大学。国公立なら学費も安いので、できるならその方が良い。理系の分野でたくさんの学者を輩出していたし、科目も充実していることで有名だった。特に工学部は、いい先生がいることでも評判だった。それで目標を神戸大学に定めた……が、受験勉強などせず、部活やスポーツに明け暮れていた高校時代だったので、落ちてしまった。それで浪人することにした。

予備校に通うべく神戸に行き、福田君や富田君と一緒に下宿した。

仲間がそろうと、勉強より、麻雀やら囲碁やら、遊びの方が勝ってしまう。かくして私は二浪する羽目になる。

神戸では、私と一番年の近い叔母が、ご主人と一緒に定食屋をやっていたので、そこに皆でよく押しかけ、大盛りのサービスしてもらったものだった。

その叔母は残念ながら、姉妹の中でも一番早くに亡くなった。まだ四十代での若すぎる死だった。最後まであきらめず、生きよう生きようとしていた姿が今でも目に浮かぶ。最後はすっかり痩せこけてしまったが、死に顔は安らかだった。「おばさん、本当にありがとうね」と何度も声をかけて見送った。

大学入学が決まったとき、米子の実母にも知らせたら、おめでとうを言うために、わざわざ会いに来た。

しかし、あの年頃の男だから、母に会いに来られても、恥ずかしいばかりで、話すこともないし、大した対応もしなかった。後日、母から、手紙と日清のカップラーメンが箱入りセットで送られてきた。あの頃は、こんなものが流行りだったのだ。

あー、また米子のおふくろが何か送って来たわ、くらいにしかあのときは思わなかったが。

第四章　技術者の道へ

枝村俊郎先生との出会い～交通工学の道へ

神戸大学工学部では土木工学を選び、枝村俊郎先生の研究室（交通工学講座）に入った。

土木工学とは、自然災害や事故防止などの社会課題、また環境の創造・維持などを目的として、社会基盤を整備する。その中でも交通工学は、道路などの交通に関する社会基盤整備を行う。

私がこの分野を選んだのは、土木を通した社会基盤の整備にもともと関心があり、何か人の役に立つものを作りたい、人の命や生活を守るような仕事がしたいという漠然とした思いもあったが、日本ではまだ比較的新しい学問であったことも大きいかもしれない。

日本でこの分野が学問として誕生するのは昭和三十年（一九五五年）。英語の Traffic Engineering の訳として交通工学の語が当てられたのが始まりだ。大学で科目として取り上げられるようになるのは一九六〇年代に入ってからだ。

戦後の日本の自動車産業は、ＧＨＱが、車の国内生産の制限を解除した昭和二十四年（一九四九年）から始まる。この年、国産車の生産が開始され（再開され）、高度経済成長の波に乗って、右肩上がりの大成長を遂げていく。日本はモータリゼーションの時代に入っていく。

それに伴い、道路も整備されていった。ちょっと前までは舗装されていない道路の方が多かったのに、いつしか道もきれいなコンクリートになっていった。舟場や根雨では時間の進み方はゆっくりだったけれど、神戸に来ると、急速な変化を身体で感じられたものだ。

昭和三十八年（一九六三年）七月、日本で初めての高速道路である名神高速道路が栗東インターチェンジ—尼崎インターチェンジ間（七十一・七キロ）に開通した。折しも東海道新幹線開通の前年である。

交通工学は、そんな新しい時代に向けての最新の学問の一つであり、正に時代が求めていた分野でもあった。これからどんどん需要が見込める分野だけにとても面白そうだと思った。よし、俺が第一人者になってやる、などという、そんな野望いや無謀な思いも少しあった。

枝村俊郎先生は、読書量も勉強量も圧倒的で、ともかく知識が豊富であり、何事も熱意を持って取り組んでおられた素晴らしい先生であった。当然、学生たちからの信頼も厚く、研究室はいつも賑わっていた。

私たちが卒業した後、先生は交通工学というジャンルにとどまることなく、この分野での研究を生かして、GPS（地理情報システム）の研究、信号機の技術研究のみならず縄文時代の日本の研究まで、実に多岐にわたる研究をなさり、また他大学の教授たちとのパイプも駆使して、いろいろな学問を研究なさっていた。本当に素晴らしい先生であったと思う。

その枝村先生から再三言われていたのは、「山裾君、君はもっと勉強しなくちゃだめだよ」であったが。

枝村先生は、平成四年（一九九二年）に逝去され、同年に神戸大学名誉教授の称号が授与された。先生のご意向で、葬儀は家族のみで執り行われた。

バイトと麻雀と囲碁

さて枝村恩師から、「山裾君、君はもっと勉強しなくちゃだめだよ」と言われていた私は、主に何をしていたかというと、麻雀と囲碁とアルバイトである。

アルバイトは家庭教師の他、神戸港の船荷のアルバイトをしていた。船が入ってくると、その船荷の荷物を数えたり、倉庫を回って盗難などがないかチェックしたりする仕事だった。簡単な仕事だが、夜勤なのでお金が良く、当時で毎月三千~四千円くらいになっていた記憶がある。

そうやって駆け込む先は雀荘という……これでは先生に怒られても仕方がない。

麻雀仲間は、浪人時代から同じ釜の飯を食って来た富田君に福田三寿君、それに同じゼミ仲間の内藤君だ。麻雀だけでなく囲碁も好きだったのだか、大学時代は麻雀の方が多かったかなあ。多分、雀荘に行くのが好きだったのだ。

ガードレールの安全技術

現在、交通工学というと、渋滞回避のための仕組みづくりや、カーナビゲーションシステム、公共交通機関の運行スケジュール等々、非常に多岐にわたっているが、私が携わった頃は、対象はまだ限られていた。

先生の指導もあり、私が取り組んだのはガードレールの技術開発だ。

ガードレールは、技術者の言葉で「防護柵」という。

日本中、今ではどこに行っても見かけるガードレールだが、日本での歴史はそれほど古くない。日本で初めてガードレールが設置されたのは昭和三十三年（一九五八年）、神奈川県の箱根の交差点に設置された。その後、車の普及、道路の舗装化に伴って、日本全国に広がっていくわけだが、私が学生だった当時、ガードレールはまだまだ問題が山積みだった。

ガードレール（防護柵）は、ドライバーの視界の誘導と車両の逸脱防止を目的とするが、同時に、防護柵に接触・衝突した場合の乗員の安全性も考慮されなくてはならない。つまり転倒を防止し、乗員の被害が最小限にすむ防護柵が理想だ。

すでに戦前からモータリゼーションが進んでいたアメリカでは、こうした技術開発もすでに行われていたが、日本ではまだだった。

それで私は枝村先生の勧めもあって、この分野の研究を始めた。車両の衝突時における防護柵の衝撃を計算したり、車両が転倒せず、むしろ車道に戻すような安全な仕組みを考える。素材の開発も視野に入れて考える。


大学四年のとき、私の研究（卒論）がとある企業の眼にとまる。その会社は、防護柵に関しては後発組で、安全性の高い防護柵の研究開発に対しても、遅れをとっていたこともあり、新しい技術開発を求めて、大学での研究にも注目していた。

今風の言葉でいうと、「産学連携」みたいなものか。文学部や法学部では、あまりこうしたことはなかったが、工学部では、大学の研究に企業が着目して、資金援助をしながら学生と共同研究するというのは当時からあった。いい研究をしていけば、それが時代のニーズに合っているなら、即採用され、企業からオファーが来ることは、珍しいことではなかった。

私の研究もたまたま時代のニーズに合致していたわけで、私はその会社・川鉄建材工業に就職し、安全工学に基づく防護柵の研究開発を、会社員として行うことになる。

工学の技術者として、幸運なスタートを切ることができたわけで、ゼミの仲間からは羨ましがられた。私の卒論は、ゼミ生の間でも評判が良かった。非常に内容が深く面白いと評価してくれる者が多かった。また私と枝村先生の仲の良さを羨ましがる者も多かった。

私が枝村先生と仲が良いのは、それはそうだろうと思う。だって私は枝村先生の娘さんの仲人をしたのだ。ふとした偶然から、先生の娘さんに、婿を〝紹介〟した形になったのだった。そんなこんなで先生方のご家族と私は、ささやかながらおつきあいがあり、先生が亡くなられる前も、ご家族から御礼のお便りをいただいたりしていた。

多才で素晴らしい先生だったし、先生の奥様にも、娘さんにも私は可愛がってもらった。

先生からは本当に多くのことを学んだ。技術者としてのあるべき姿のようなものも教えていただいた。何か困難にぶつかったら「元に帰る」という精神を教えてくれたのも枝村先生だ。

何か問題が起きたとしたら、必ずそこには何か原因があるのだ。その原因を究明するには、元に戻って見ていくしかない。時間軸を戻し、一つひとつ紐解いていくこと。その中で必ず、誤りが見つかるはずだ。
誤りは偶然に発生したりはしない。必ずどこかに理由があるのだと教えてくれたのも先生だった。

ボックスビームガードレール

理想のガードレールは、強度や耐久性に優れているとともに適度なたわみをもっていないといけない。このたわみによって、接触しても車両を元に戻し、転倒や破損を防止し、乗員への被害を最小限に留める。そのためには剛性と靱《じん》性（粘り強さ）のバランスが保たれなくてはならない。

上述のように、この分野で先鞭をつけていたのはアメリカで、一九六〇～六二年には、ニューヨーク州公共事業局及び合衆国道路局の援助のもと、コーネル航空研究所で行われた研究がある。これらの研究をもとに、商品開発がすでに進められていた。

この分野で後れをとっていた日本は、アメリカで開発されたたわみのある防護柵を輸入し、それを我が国の仕様にマイナーチェンジして使っていた。

私たちは、これらアメリカの商品を元に、新しいたわみ性の防護柵の開発に取り組んだ。支柱の強度はやや弱くし、その支柱にとりつける角パイプビームに高い剛性と靱性を持たせ、たわみを実現、衝突車両を安全に誘導する現在のタイプを開発する。ボックスビームガードレールだ。裏表のない構造にできるので、道路の幅が狭い場所にも、中央分離帯用として使うことができる。アメリカと違い、日本では道路の幅が狭くなってしまう場所は多く、またそういう場所に事故が多い。

ボックスビームガードレールは、日本の道路事情にも適合する、優れた防護柵として評価され、日本のさまざまな道路で採用されるようになる。

私も開発者の一人として、設置に立ち合い、不具合を修正していくべく、全国を飛び回る日々が始まった。

当時は建設ラッシュで需要が供給を上回っていた。「狭いニッポン、そんなに急いでどこへ行く」などと揶揄《やゆ》されながら、目まぐるしい勢いで道路や鉄道の建設が続き、交通のスピードも著しく向上していた時代である。一つの現場であれもこれもと、いろいろな依頼が出てくることも多かった。私は一つの現場で、道、橋、ダム、トンネルを建設したことがある。

結婚

社会人になってから、三回ほど素敵な女性とお会いしたが、いずれもおつきあいまで行くか行かないかで終わってしまう。交際が続かなかったのは、仕事が多忙を極め、デートをするヒマもなかったことも一因としてあるのだが、私の中に、いつかは舟場に戻りたいという思いがあったので、都会育ちの女性ではなかなか難しいのではないかと感じていた。将来は田舎暮らしでも構わないと言ってくれる女性になかなか巡り合えないでいた。

そんなこんなで二十七歳、モテない私を心配してくれた高校の先生が、私にお見合い話を持ってきてくれた。米子にお住まいの薬剤師の女性だという。私も理系だから、同じ理系の女性の方が、話が合うからいい。しかし米子育ちだというし、私のような田舎出身の男性で大丈夫だろうか。舟場に戻りたいという私の気持ちを理解してくれるだろうか。

こうして臨んだお見合いだが、その女性は、私のイメージとはまったく違っていた。会ってみると、おっとりして素朴、舟場の話も興味深く聞いてくれた。日野川や山の話や飼っていた牛の話をすると、面白そうだから行ってみたいなどと言ってくれる。緊張しっぱなしで、それ以外に、何を話したかよく覚えていない。女三人姉妹の長女ということで、しっかり者という印象もあった。私は自分がズボラで抜けているし、妻になってくれる人がいるなら、しっかり者がいい。

幸い、向こうの御父上も私のことをとても気に入ってくれた。これはお互いに囲碁が趣味、ということもあるかもしれない。おかげで結婚後は、会うたびに御父上から、「一郎君、一緒に打とうじゃないか」と誘ってくださったものだった。

こうして私たちは話が合い、話はとんとんと進んでいった。半年後には婚約、その後一年足らずで結婚した。昭和四十七年（一九七二年）、私が二十八歳、妻が二十五歳のことだった。新婚旅行は当時の〝流行〟に従って九州に行った。

婚約したとき、私は舟場の家族にもそのことを伝え、彼女を連れて挨拶に行ったあと、実母の働いていた米子のデパートにも、一緒に連れて行った。母はとても喜んでくれた。それから二十年ほど経って、実母が私に手紙をくれたとき、そのことがとても嬉しかったと書いてあって、あんなことをこんなに大事に思っていてくれていたのかと、かえって恐縮してしまった。

父になる

昭和四十八年（一九七三年）、日本はオイルショックに見舞われ、経済はマイナス成長を記録、一九五〇年代後半から続いてきた高度経済成長期は、これをもって終わる。

道路建設も、物資の不足などもあって、一時的に需要が落ち込んだが、すぐに持ち直し、日本全国を飛び回る忙しい日々を過ごしていた。

昭和四十九年（一九七四年）八月十七日に長女が、昭和五十二年（一九七七年）一月十九日に長男が誕生する。

しかし出張の連続で、子育ては妻に任せきり。仕事で仕方がないとはいえ、もうちょっと、家族と一緒の時間を過ごしたかったなと思う。

妻は本当によくやってくれた。結婚と同時に転勤で、私たちは千葉県船橋市に引っ越すのだが、慣れない土地で、それだけでもストレスフルだろうに、特に長女の育児のときなどは、わからないことも多く不安だったと思うが、二人の子どもたちを、立派に育て上げてくれた。

父親らしいこと、夫らしいこともロクにできなかった。これは妻にも子どもたちにも本当に申し訳なかったと思っている。

妻は文句や泣き言を言うこともなく、よく家庭を守ってくれた。もっとも、たった一度だけ、妻から本気で怒られたことがある。

結婚後、まだ一週間くらいのことだったが、飲みとか麻雀とか、男同士の〝つきあい〟が忙しいものだから、新婚早々、帰りはいつも御前様、そんな私に、妻がバケツの水を頭から私にかけた。

「いい加減にして」

こうでもしないとあなたはわからないのでしょうと怒っていた。このときにあった感情は、呆れてバカバカしくて怒りしかなかったと言っていた。

「二人で家庭を築いていくということをどう思っているの？」

そのように怒る妻に、さすがに私も己を省みないわけにはいかなかった。仕事と同じくらい、家庭を築くということに関しても、真剣に向き合わなくてはいけないとそのとき妻から教えてもらった。忙しいのを口実に、ただ流されていただけであった。妻がそのことを気づかせてくれた。

いくつかの研究会に参加する

日本でガードレールが設置された当時、その規格は各社でバラバラだった。つまり会社によって形が違うから、繋げられない。不具合があっても、同じ会社でないと対応ができない。

それで昭和四十七年（一九七二年）、ついにガードレールの規格統一がなされた。これを実現した建設省（現国土交通省）の方はたいそう誇らしかったと思う。数社を同じ机に並べて協同作業に持ち込んでいくというのは、決してたやすいことではない。

これを機に、道路建設の世界では、数社が合同で参画、共に協力し合って、技術開発や事業を行うことが増えた。道路・土木の技術開発や敷設《ふせつ》においては一社の力だけではどうにもならないことも多いから、それぞれが得意分野で能力を発揮し、事業を推進していくのは非常に良いことだ。

各社の代表が集まって「研究会」を作り、それぞれ知恵を出しながら、新しい技術を考えたり、製品設置をしたりというようなこともよく行われるようになった。

実際、自分の会社で研究開発している時間より、各社協同の研究会での仕事の方が多かったくらいで、建設省の方も一緒に、事業開発・技術開発したこともあった。

私が中心になって進めていた研究会の一つが「砂防構造物研究会」だ。

砂防とは土砂災害の防止のこと。砂防構造物の指す分野もまた広く、砂防ダムや堤防の設置から、地滑り対策のための防災事業まで多岐にわたるが、いろんな分野に参加させていただいた。

こうした研究会では、得た利益は公平に分配されるのが慣例であった。五社いれば、利益は均等に五等分する。五社もいれば、中心的に活動する会社と、そうでない会社が出てくることもあるが、等分するのが慣例であった。

一社だけの帰属で、自分の会社のことだけをやっているとどうしても視野も狭くなってしまうが、このような研究会で仕事をさせてもらうことで、知識も視野も広がったと思う。

上司にも恵まれたが部下にも同僚にも恵まれた。どういうわけか私の周りには、優秀な人材がたくさん集まってきてくれ、意義深い仕事がたくさんできた。

多忙だったけれど、本当にいい経験をさせてもらったなあと思う。

第五章　母からの便り

会社の合併と単身赴任

結婚後住んだ船橋市の家は四年半ほどでひきあげ、神戸に家を買った。

その後、四十七歳のとき、会社が川崎製綱の傘下に入った。それに伴い、仕事の仕方も変わった。今までは出張だったが、今度は、単身赴任で千葉県市川市に住むことになり、そこを拠点として全国を飛び回る生活になった。

しかし男一人で淋しいなどと思う間もなく、仕事に忙殺される日々であった。

幸い、父親が面倒をみなくても、二人の子どもたちは、しっかり者の妻のおかげでグレたりすることもなく、普通に素直に育ってくれていてよかった。

単身赴任も長くなると、それまでは毎日のようにしていた妻や子どもたちへの電話も、二日おきになったり三日おきになったり。

つきあいで飲みにいくことも多かったから、帰宅時間も遅い。

舟場の家も、すっかりご無沙汰してしまっている。博文さんたちから時々電話がくる。仕事も大事だが身体を大事にせいよ、とありがたいことを言ってくれる。

思えば私の会社員時代というのは、日本の道路行政が大成長を遂げ、日本全国にインフラ整備がいきわたる、まさにその渦中の時代である。

今でもどこかの高速に乗れば、ああ、この道路のガードレールを設営したなとか、補修したなとか、そんな思い出の場所は多い。

社会の役に立つ満足感は大きかったが、時間に忙殺されるばかりで、疲労困憊《こんぱい》していることも多かった。


平成三年（一九九一年）、私の祖父であり父親代わりでもあった金一が亡くなった。九十三歳の大往生であった。小作農家から立ち上げ、現在の山裾家の礎を築いた。山裾の家は、改築して、しゃれた外観の古民家風になり、マスコミが取材に来るほどであった。ここまで来るのに、どれほどの苦労があったのか。

翌年には、私の恩師である枝村俊郎先生が逝去された。

平成七年（一九九五年）は、阪神淡路大震災があった。神戸の我が家は一部損壊ですんだが、妻の友人や、子どもたちの学友の中には甚大な被害に遭ったものも多かった。

気が付けば、私ももう五十歳を過ぎていた。

米子の実母から長文の手紙が届いたのは、そんな二月のある日のことだった。

母からの便り

何か節目ごとに、手紙やら贈り物やらは母から送られてきていたが、ここ数年は、毎年の年賀状以外は、ご無沙汰であった。その新年のやりとりも終わったばかりだし、一体、何なのだろう。逆に母に何かあったのだろうか。不思議に思いつつ封を開けた。

新春の粉雪が静かに舞い落ち、散っていきます。今日は節分です。立春とはいえ、寒さはまだまだこれからと思います。

母の手紙は、こんな感じで、自分の息子なのに、まるで恩師にでも宛てるかのような、かしこまった季節の挨拶から始まる。

貴方は毎日元気で忙しく立ち回っていることと、遠くを偲びながらペンをとっています。

舟場とお別れしてから、五十年近くも経ちました。六年間の思い出は私の心から消えることはありません。今年七十六歳になりました。重い病気もせず働き通して人の何倍もの苦しみも悲しみも身に受けて来た人生だったと思うのに、よくもこの年まで生かされてきた事と自分ながら、不思議に思われ感謝の毎日です。

働き通しで人の何倍もの苦しみも悲しみも身に受けて来た人生？

意外であった。母は長い間、米子のデパートで働いてきた。働き通しとはこのデパートを指すのか？　当時は、デパートといえば華やかな都会の象徴であり、女性たちの憧れの仕事であった。私は、母がそのような都会的華やかさを求めて、勝手にデパートのようなところで働いているのだと思っていた。

そしてその後に続く、「人の何倍もの苦しみも悲しみも身に受けて来た人生」という一文。まったくもって意味がわからない。

今のうちに貴方に舟場の六年間の思い出を少しでも知ってもらいたいと思って書き始めます。

どうやら母は、身の上話のようなものをしたいらしい。

その全文は、この本の冒頭に記したとおりである。そこには母と父のなれそめと、短い結婚生活のこと、私を置いて実家に帰るまでの苦悩と葛藤が書かれていた。

読み終えて私はぐっとなった。まずは驚いた。写真でしか知らない父のことを教えてくれたという意味では嬉しくもあり、母の心中については意外すぎて言葉がなかった。私は母のことを誤解していた。

母は私の前で、自分が苦しんできたことなど一切言わなかった。言えば、私との別れがさらに辛くなるからだろうか。二つの愛情のはざまで私を苦しめるかもしれないと思ったのだろうか。そんなことを言ったら託した婚家に申し訳がないと思ったのだろうか。決めた以上、泣き言など言わないと決めたのだろうか。

そうやって強い女を装っていた母の胸中など察することもなかった。

妻に、あなたは本当に女性の気持ちがわからない人だからと言われたことを思い出し、つくづく、そうだよなあ。俺は女心などというものには疎いんだよ。

今とは少し違う時代の話だ。あの当時はそういう選択をするしかなかったのだろう。否、今とは少し違うって、せいぜい五十年位のことだ。そうか世の中はこんなに変わったんだな。

いつもそっけなくてすまなかった。私もなぜもっと素直にならなかったのだろう。

その日、何度も読み返し、読み返しながら、私は、そのまま布団に潜り込み、気が付けば眠っていた。

母のふるさと・美用

私の母・美津枝は、大正九年（一九二〇年）、鳥取県日野郡米沢村大字美用にて、川上侃《つよし》と母・すての長女として生まれた。

幼い頃に別れた関係から、母の人となりはもちろん、母の実家や縁者のことなども深くは知らない。

母の生まれた美用は、根雨駅より二つ手前の江尾駅からバスで十五分くらいのところで、舟場からそれほど遠くはない。実際、母は、父が戦死してからは、農作業が終わると私を連れて、実家に帰省することもあった。

母に連れられて汽車に乗り、美用の実家に行ったことは何となく覚えている。向こうも私たちと同じ農家で、母は八人兄妹の長女で、上に博という兄がおられた。

弟妹たちはそれぞれ、蘭子、萩江、節子、君江、光正といった。

おぼろげな記憶でしかないのだが、母と一緒に盆に帰省したとき、母や母の妹たちと一緒に、江尾の盆踊りを観に行ったこともある。「江尾十七夜」である。暗がりの中、太鼓の音を怖く感じたことだけ覚えている。

盆踊りなどは、戦時中はどこも中断していたから、再開し始めてすぐだったのかもしれない。

舟場からすぐなのに、母が実家に戻ってからは、私は江尾駅にも、美用にも行ったことがなかった。いつも通り過ぎていただけだった。江尾駅からは、江美城の天守閣が見える。

日本中を飛び回りながら、私はふるさとからこんなに近い、母の故郷のことは何も知らなかったことを今ごろ気づく。

電車で二駅手前の江尾駅で降りてみる。生まれて初めて江美城に上ってみた。江美から北を見渡せば、母のふるさと・美用が見える。美用の集落の裏手には高台の森と美用谷川、そして中国地方最大の山・奥大山が見える。美用は大山のふもとに位置する風光明媚な大地だ。母はあの奥大山を見ながら育ったんだなあと思う。


「江尾十七夜」は五百年の歴史を持ち、近隣の県からも観光客がやってくる壮大な祭りだ。車でいけば、直線距離にすれば十キロもない距離なのに、私は幼い頃母に連れられて以来、来たこともなかった。定年後のある盆の日、妻と一緒に行ってみた。

江尾十七夜の始まりは戦国時代にまで遡るという。十五世紀半ば、江美城を築いた初代領主・蜂塚安房守は、領民を大切にしていて、毎年、盂蘭盆十七日の夜には、城を開放して、領民たちを招き入れ、武士と領民が一緒に無礼講で、供養と豊年を祈る踊りと力くらべ（相撲）の祭りを一晩中行うのをならわしとしていた。

その後、戦乱の世になり、伯耆では毛利氏と尼子氏とが対立、四代目城主・蜂塚右衛門尉は、当初は尼子氏側についていたが、その後、毛利氏に下るが離反、再び尼子氏についたため、毛利から攻撃を受け、圧倒的に不利な戦いの中、城主・右衛門尉は自刃し、一族は滅亡する。

その後、毛利の領地となるが、領民たちは、仁君であった蜂塚一族を懐かしみ、蜂塚一族への供養の意味も込めて、盂蘭盆十七日の夜には、踊りと相撲の祭りを常とするようになったという。

盆踊りに興じる若い女を見ながら、母も娘時分はこんなふうに踊っていたのかなあなどと思えてきて、顔がほころんだ。

蒜山原陸軍演習場

江府町をさらに岡山方面に向かって進むと、蒜山高原に着く。

蒜山高原は、今は、観光牧場などがあるのどかな高原だが、明治期に軍用馬の育成場になり、その後、軍事演習場になった。

正式には蒜山原陸軍演習場、東西約十二キロ、南北五キロ、八千二百五十ヘクタールの敷地を持つ、日本最大の軍事演習場だったという。牛がモーモーと鳴きながら牧草を食《は》んでいる、こののどかな高原が、かつてそのような場所であったという話は聞いていたが、父も一時期、ここにいたことは知らなかった。

日本一の規模だったそうだから、近隣はもちろん関西の連隊は皆、一度はここに演習にきたのだろう。少し考えてみればわかることだが、母から手紙をもらうまで、そんなことも気にしていなかった。

父と母のなれそめのくだりをもう一度読む。

松江や鳥取連隊の兵隊が一年間に何度となくかわるがわるに岡山の蒜山高原演習に来られます。江尾駅まで汽車で江尾から歩いて岡山まで行かれるのです。米沢村の役場のあるところ（宮市原）で三十分近く休憩の場所と決められていたのです。

来られる日は役場より連絡があり村の婦人部と女子青年が出てお茶の接待をするのでした。

その日に来られたのは松江の兵隊で私の先輩が同じ中隊に二人いられたので、久しぶりに懐かしく話し合いました。その先輩と同じ中隊にいた孝雄さんが、私等が話すのをみていたらしいです。

何カ月か経って、満州から孝雄さんがはがきをくれました。友だちに紹介してもらったと言って。


江尾の駅から、蒜山まで行軍していったのか。そしてそんな兵隊たちのために、村の娘たちが、お茶のお世話をするという、そんな習慣があったのか。

母が同じ中隊の者と話しているのを見て、あとで紹介してもらったのが縁だという。つまり遠目で母を見て、一目惚れしたのかな。否、惚れたというより、ちょっと気になったというふうなのかな。

こうして文通が始まった……文通じゃない、戦時中だから慰問文だ。

慰問文というのは聞いたことはあった。戦地の兵隊さんに向けて、慰問袋といって、生活必需品に加え、本やら文具やら女優のブロマイドやらいろんなものを袋に入れて送ったらしい。日露戦争のときに始まったと聞く。慰問袋には、通常、手紙（慰問文）も入れた。

蒜山原軍事演習場跡地に行ってみた。

観光牧場ののぼり旗がたなびく中を、車で走る。子どもたちが小さな頃、家族で来て以来だ。

「蒜山郷土資料館」についた。ここでは、軍事演習場があったときの資料の収集と展示をしている。

当時の兵隊たちの暮らしなどもわかるようになっている。各連隊は一カ月程度ここで演習し、その後、戦地に派遣されていったのだという。

軍隊の規律は厳しく、下っ端の兵隊たちは毎日、先輩たちの世話までしなくてはならず大変だ。戦時ではないが、緊張の抜けない毎日であったことだろう。展示には、兵隊が、軍隊生活の厳しさや、戦死した友を悼む短歌や、遺書もあった。

父は蒜山のあとは、満州に派兵され、母と慰問文のやりとりをし、帰国後、大下さんを介して、母に結婚を申し込んだ。厳しい軍隊生活の中、母との手紙のやりとりに、安らぎを得ていたのかもしれない。

母はプロポーズにびっくりしたとある。写真でしか顔も知らない相手だったのだから無理もない。それでも戸惑いながら、父の気持ちを受け入れてくれたのだ。

ビルマ戦線

嫁いでわずか二カ月で父に召集が来る。派遣された場所はビルマだった。

当時の日本のビルマ戦略とはどのようなものだったのか？　少し戦史を見てみる。

昭和十二年（一九三七年）、盧溝橋事件を発端に日中戦争が始まる。太平洋戦争が始まると、主としてイギリス・アメリカ・ソ連は、日本軍の中国内での弱体化と中華民国支援のため、「援蔣ルート」を介して物資を輸送し、中国を支援するようになった。

「援蔣ルート」は、主として四つ。香港ルート（香港など沿岸諸都市を経由する）、西北ルート（ソ連から新疆を経由する）、仏印ルート（フランス領インドシナのハノイからのルート）、そしてビルマルート（イギリス領ビルマのラングーンからのルート）だ。

香港ルートは、日本軍が広州を占領することで遮断できた。西北ルートは独ソ開戦でソ連に支援の余裕がなくなり、また同年、日ソ中立条約が結ばれたので事実上行われなくなった。仏印ルートは、昭和十五年（一九四〇年）にフランスがドイツに降伏、日本軍がインドシナに進駐することで遮断できた。

残るビルマルートが日本軍のネックであった。昭和十六年（一九四一年）、日本はビルマに侵攻、イギリス支配からの独立を目指すビルマ義勇軍（のちビルマ国民軍）の協力も得て、首都ラングーンを陥落させ全土を掌握、ビルマルートの遮断に成功する。こうしてビルマは日本の対東南アジア政策の要となっていく。昭和二十年（一九四五年）の終戦まで、延べ三十万人の日本兵が派兵されたという。

大敗を帰し撤退したイギリス軍は、ビルマ・インド国境にあるインド北東部最大の都市・インパールまで逃げ、今度はここを拠点とし、ビルマ奪還の隙を窺うようになる。また遮断されたビルマルートの代わりに、今度は、ハンプルートと呼ばれるインド東部からヒマラヤ山脈を経由する飛行機を使った空のルートを開拓する。

おりしも戦局は、ミッドウェーでの敗戦を機に悪化していた。昭和十九年（一九四四年）三月、ビルマ方面軍および第十五軍司令官・牟田口廉也中将は、戦局打開のため、かの悪名高い「インパール作戦」を実行する。

太平洋戦争史上もっとも無謀な作戦として知られるようになったインパール作戦は、ビルマ北西部に横たわる川幅六百メートル、全長千百キロのチンドウィン河を渡り、二千メートル級の山々が連なるアラカン山脈を越えて、合計四百七十キロを行き、イギリス軍拠点のインパールを攻略するというものだが、兵站《へいたん》というものがまったく考慮されておらず、しかもこれらすべてをたったの三週間で完遂させよという無謀すぎる計画であった。

そもそもアラカン山脈は整備された道もないため車や戦車は通れない。やむなく大砲などは解体して運んだという。三週間分しか持たされなかった食糧も尽きる中、兵士たちは慣れない熱帯ジャングルの中で、飢えと病気で死んでいった。

死線を彷徨いつつ山を越えた先で待っていたのは、飛行機による補給で潤沢な兵站を持つイギリス軍の反撃。結局、一人としてインパールに到達できなかった。

甚大な被害にも拘わらず、撤退命令が出たのは、四カ月後の昭和十九年（一九四四年）七月。しかし世界一とも言われる降雨量の雨林の中での撤退は悲惨を極めた。撤退はその後半年ほどを要したが、死者の六割が撤退時での餓死か病死であると言われている。撤退路は日本兵の屍であふれ、「白骨街道」と名付けられるほどであった。戦死者などの具体的数字はわかっておらず諸説あるようだが、投入兵九万に対し、死者三万人、あるいは七万人とも言われる。

インパール敗退により、戦局は完全に逆転した。勢いを盛り返したイギリス軍の攻勢により、イラワジ会戦、メイクテーラ会戦、ラムリー島の戦い……日本軍は次々と拠点を失っていく。昭和二十年（一九四五年）三月、敗色濃厚な日本軍に、協力者であったはずの、アウンサン率いるビルマ国民軍もついに離反、連合国側につき、銃口を日本軍に向けた。こうして日本のビルマ統治は完全に崩壊した。

同年四月、ビルマ方面軍司令官・木村兵太郎は首都ラングーンを放棄して逃亡する。司令官の逃亡によって、各地で戦っていた日本兵たちは孤立無援のまま取り残され、被害が広がったという。ビルマは、三十万人が派兵され、うち十八万人が戦死という悲惨な戦線であったが、被害はこの昭和二十年（一九四五年）以降、とりわけ司令部のラングーン放棄から終戦の八月までに最も多いとも言われる。


我が父・孝雄は、昭和二十年（一九四五年）三月、タウンガップビデ村にて戦死したという。タウンガップは、首都ラングーンの北北西、ベンガル湾に面した街で、ここに日本軍の補給基地があった。とりわけインパール敗退後、重要な拠点となったという。三月、イギリス軍はタウンガップ地区に攻勢をかける。四月末には、日本軍はタウンガップを失い、さらに北に敗走する。

父はインパール作戦に投入されていたのだろうか？　だとしたら死線を彷徨いつつも生き残ったということになる。しかしその貴重な命も、最後の防衛拠点・タウンガップにおいて果てたのだろうか。この三月のイギリス軍のタウンガップ攻撃のときに敵の弾に当たって死んだのだろうか。

あるいは、インパール戦には参加せず、ここタウンガップの守備をしていたのだろうか。そして敗退を重ねる最後の負け戦のさなか、ここで息絶えたのだろうか。

ビルマ戦線は、その大半は、戦闘での死ではなく、飢餓や病気であったという。父はマラリアや赤痢で死んだのか。

今となっては知る由もないが、一つだけ言えるとしたら、昭和二十年（一九四五年）の三月までは生き抜いていてくれていたことだ。そして手紙にあるように、私の写真を常に持ち歩き、戦争が終わって妻と子とで暮らす日をずっと楽しみにしていてくれたことだろう。

わずか二カ月しかなかったという新婚生活の中、母は父をこのように書いている。

孝雄さんはとっても朗らかな思いやりのあるやさしい方でした。自分の大勢の弟妹等をとっても大事にされていました。其の姿を見てこの人は人情の厚い心の広い人だなと感じながら尊敬していました。こんな立派な貴方のお父さんに巡り合った事、本当に良かったと心から思っています。

金一じいさんや、博文さんのことを思い浮かべる。軍服姿の父の姿を重ねる。母は言う。

思い出一ぱいの舟場の六年間の生活、後悔はしていません……山裾様御一家様　受けた御情は何時も感謝しています。そして大下様ご一家の何時もやさしく陰ひなたのない励ましで支えていただいた御恩、忘れたことはありませんのに、ご恩返しができなくて申し訳なく思はれます。お世話になりました。三好ご一家様や村の四～五人の伯母様方、お顔はおぼへていますけど亡くなられた方ばかりだと思います……。

今とは違う時代の話とはいえ、苦渋の決断の中で、母だって言いたいことの一つや二つはあったと思う。それでも泣きごとも恨みごとも言わず、ただ「受けた御情に感謝」「舟場の六年間に後悔はない」とだけ語る母。立派である。

父・孝雄、母・美津枝、ともに、何と立派な人物であったのだろうかと思う。二人の息子として生まれてきたことを誇らしく思う。

第六章　還暦を過ぎて

定年後、神戸に戻る

あっという間の三十数年であった。

気が付けば私は六十歳になっていた。定年を迎え、長い単身赴任生活を終えて我が家に戻った。

仕事人間だったから、家でのんびりしながら、趣味の囲碁やマージャンやらをしながらの楽しい老後……と思いきや、なかなかそうもいかない。すでに定年した仕事仲間たちが私を待っていて、今度は一緒に会社設立をしようということになった。

正確には会社ではなく、元いた会社の支店の開設だ。

私が定年を迎えた頃、会社は何度かの合併を経て、ＪＦＥ建材という名前になっていたが、この会社では一定の経験と、建設業技術者資格や、施工管理技士の資格があれば、会社の支店を開設できることになっている。この制度を利用して、定年後、支店という形で、地元で工務店のような事業を行う者もいる。

私たちは、補修工事などの請負他、新たな技術開発や研究を行う支店を開設した。上述したが、支店開設には、規定の資格取得をしていることが一名以上在籍していないといけない。それで、なんだか責任者のような役職で、いくつかの事業所の開設に立ち会った。二つの事業所を立ち上げ、合計で五年ほど在籍した。

ちょうど六十歳のとき、会社を退職する前の定期健診でガンが見つかった。

初期の胃ガンだった。見つけたのが早期だったので、切除手術だけで済み、特に転移もなく現在に至っている。妻が言う。

「今まで働きすぎた。ゆっくりしたらいいじゃないの」

そうかもしれない。もう引退してもいいかもしれない。

子どもたち、孫たち

仕事に忙殺されていて、家庭のことをきちんとできなかった。子育ては妻に任せきりだったが、素直な良い子たちに育ってくれた。

「特別悪い子にもならなくてよかった」と妻はさらりというが、反抗期のようなときもあったわけで、妻もよくやってくれたと思う。

子どもたちも、両親と同じで理系の道に進んだ。嬉しいことに私と同じ神戸大学工学部を選んでくれた。

娘は工学部だったが、息子は、私と同じ土木科だ。

大学卒業後、娘は、大阪の企業に就職、電池部門で開発や技術の仕事に就いている。現在、五歳になる息子と夫と共に、尼崎に住んでいる。

息子は神戸の会社に入社、こちらでは、土木とは関係ない、主として機械関連の分野の専門になったようだ。妻と息子一人、娘が一人いる。娘が生まれ、神戸に家を買ってすぐに、急にドバイに転勤になり、家族でかの地に移り住んだ。

現在、息子方の孫は、高校三年、下の女の子は中学一年になった。下の子は、小学生の頃からドバイで育っているせいで、アラビア語に堪能である。英語もできるので、トリリンガルということか。幼少時から異言語に親しむ環境にあったので、本人は特に努力をしたという気持ちもないようだが、私などからみると凄いことだと思う。本人はあっけらかんとしているが、実はかなりの勉強家である。

上の孫は、中学はドバイ、その後は帰国して、そのまま京都の大学の国際学部に在籍している。

ドバイでの駐在がいつまでかはわからないが、上の孫はこちらに来たし、下の孫も早くこちらに帰ってこないかなあと、おじいちゃんとおばあちゃんは楽しみにしているよ。

長女の息子は五歳になったばかりで、これから小学生だ。やんちゃないたずらっ子らしく、お母さんを困らせているらしい。誰に似たんだろう、私か。

碁会所

仕事を辞めてからは、駅近くの碁会所に行く毎日だ。ゆっくり盤を前にしているときほど楽しいときはない。きっとボケの防止にも役立っているに違いない。

高校生の頃、友人が一心に打っているのを見て始めた囲碁だが、囲碁を通して広がった人間関係も多い。

私の囲碁に触発されて富田君や福田君も一緒にはじめ、その後、会社は違っても、「おう、たまにはやるか」みたいな感じで、囲碁を通じて会う機会をもってきた。

妻と結婚することになったのも、自然のなりゆきかと思うが、御父上が、同じく囲碁が大好きで、娘の婿と一緒に打ちたいなんて理由で、後押ししてくれたのか。その義父も十六年前に亡くなったが、最後まで、私と会うと碁を打ちたがった。

ちなみに私の腕は、囲碁三段のちょっと上、くらいだろうか。

囲碁の面白さは、石に無限の可能性があることだ。将棋は、駒には役割があり、飛車は飛車の動きしかできず、角は斜めにしか進めない。桂馬は桂馬飛びしかできず、香車はまっすぐ進むだけだ。

それに対し、碁石では石はいかようにもなる。一つの石は、金にもなれ王にもなれ歩にもなる。有効に活用できるか否かは棋士の腕しだいだ。ときには石を見切らなくてはならず、逆に死んでいたはずのものも生き返らせることができる。そこが面白い。

囲碁をたしなむビジネスマンは多いが、囲碁そのものが、ビジネスや経営と相通ずるところがあるというのはその通りだと思う。

囲碁は局所ばかり見ていても駄目だ。常に全体を見ていないといけない。局所的にならず、常に全体を見通すクセを付けるという意味で、囲碁は役に立つのではないだろうか。

そもそもこの「駄目」という語が囲碁から来たことばだ。駄目には石の呼吸点の意味と、価値のない場所の二つの意味がある。駄目な人もいなければ、駄目な物もない。すべては棋士の打ち方で決まる。まことに耳が痛い。

世界中にプレイヤーがいるのも囲碁の特徴だ。囲碁を通した国際交流も盛んで、世界中の人と友達になれる。

私は、暇さえあれば、碁会所に行って仲間と打っている。必ず十人以上はおなじみのメンバーがいて、日々、ヨタバナシなどをしながら石を置く。

友たち

平成三十年（二〇一八年）、高校以来の親友・富田君が亡くなった。いずれは誰もが通る道とはいえ、少々早かったと思う。こんなことになるなら、もっともっと時間を割いて、彼と会っておけばよかったと思う。本書が完成したら、富田君にも報告しないといけない。楽しい時間をどうもありがとうと伝えないといけない。

福田三寿君は今も元気だ。おとなしいが、とても頭がよく、キレる男であった。彼は東洋曹達《ソーダ》（現東ソー）に入社し、その後、階段を上るように順調に出世していき、重役にまで昇りつめた。定年後もなんのかんのでいろいろなところからお声がかかるようで、休む暇もなかったようだ。

大学時代同じゼミだった内藤信彦君もまだまだ元気で嬉しいことだ。内藤君は川建に入り、やはり彼も福田君同様、順調に出世して重役にまでなった。

砂流君は故郷の舟場で頑張っている。舟場の農家の親分みたいな感じで、若手を指導していいるらしい。

まだまだみんなと話したいこともいっぱいある。元気に長生きしたいものだと思う。

実母と義弟たち

実母とは、あの長い便りをもらったあと、数回、会いに行った。

母は、米子にある施設で、のんびりと暮らしていた。

苦悩が多かった分、のんびりしていてくれて嬉しい。

手紙のお礼を言うと母はにっこりと笑った。

「あなたには本当にすまないことをして……」と言うから、「何、そんなことないよ」と私は母の言葉を遮った。

死んだ父のことを教えてくれて、とても嬉しかったとだけ伝える。

義弟たちとは、幼い頃に二回遊んだきりだ。もし時間が戻せるなら、もっと君たちと遊びたかったたな。
二人の義弟——年かさの方を俊夫、年下の方を哲夫——それぞれ、俊夫は鉄道員になり、哲夫は消防士になった。成人してからは二度ほど会った。二人とも優しそうないい若者になっていた。一緒に暮らすことはなかったが、暮らしていたら三人兄弟で、いたずらばかりして、楽しかったんだろうなと思ったりした。

二人とも、もう定年している。今は子どもと孫に囲まれて静かに暮らしているときく。

二人は、私の分まで、母に親孝行をしてくれたから私も安心だ。


令和二年（二〇二〇年）の暮れ、義弟の俊夫さんから電話があった。

母・美津枝が永眠したという。亡くなったのは十二月二十三日の十四時頃、死因は老衰とのことだった。百歳での大往生である。

すでに葬儀は家族だけで済ませたとのことだった。

悲しいが百歳の長寿である。安らかに眠るように亡くなったとのこと。最後をみとってくれた義弟たちに改めて礼を言う。

母は困難な時代を必死に生きた。余生は穏やかであった。これで良かったのだろうか。否、これで良かったのだと思うほかない。

私は皆から可愛がられ、本当に恵まれていたと思う。私はこれで良かった。母はどうだったのだろう。

ただ、父・孝雄、母・美津枝の子として育ててもらう人生も送りたかった。それだけは本当に残念だ。写真と手紙でしか知らないやさしい父、困難な環境を泣き言を言うこともなく耐え、誰も選びたくない選択をし、そのことを心の中でずっと苦しんできたと語った母。二人の元で暮らしてみたかった。二人の子として生きてみたかった。

エピローグ

爽《さわ》やかな　朝靄《あさもや》の中を　静かに　流れる川
透き通る　風は身体《からだ》をすりぬけ
薫る　草の青さよ
緑豊かなふるさと　花も鳥も歌うよ
君も　僕も　あなたも　ここで生まれた
ああ　ふるさとは　今もかわらず

いい歌だなあ。

あるときラジオで偶然にこの歌を聞き、好きになる。「ふるさとは今もかわらず」という歌だそうである。メロディもいいが詞もよくて、心に残る。

歌うのは岩手県出身の演歌歌手・新沼謙治さん。新沼謙治さん自身が作詞・作曲をした歌で、東日本大震災の復興への思いを込めて作ったのだという。だから岩手県のどこかの村を舞台にした歌なのだろうが、朝靄の中を静かに流れる川というフレーズに、私は勝手に日野川を思い出して聞いていた。

誰の心にもある、ふるさとの原風景を歌っている歌なのだろう。

わがふるさとも今も変わらない――ことはなく、いろいろと変わった。

私は舟場が大好きだから、理由をつけてはたびたび戻るのだが、行くたびに、ゆるやかに変わっていると思う。

根雨の街は本当に変わった。賑わいは昔の方が上。ここ舟場も、実にゆっくりゆっくりだが、私の少年時代とはその姿を変えている。

小遣いを握りしめて走った本屋も、母と何度も通った写真屋も今はない。

私がウナギや川魚を買い取ってもらいにいった料理屋ももうない。

かつて友が住んでいたあの家ももうない。

世話になった人々の大半は、もう鬼籍に入られている。

それでも川はゆっくりと流れ、川面を覗けば、あのときと同じ魚の影。夏になれば青々と緑が萌え、のどかな田んぼが広がる。

　変わらないふるさとの風景がそこにある。


　舟場の実家は、昭和五十二年（一九七七年）に道路の増設に伴って移築し、近所でもちょっと目立つ、しゃれた構えの大きな家になった。今、この大きな家に住むのは、博文さん一人だ。けれども、あの家の敷地に足を踏み入れれば、金一じいさんや曾祖母のハツおばあさんがすぐそこにいるような気持ちになってしまう。叔母さんたちがきゃあきゃあと笑い転げる声が聞こえてくる。

　裏手に回れば、醤油を作っているときの香ばしい匂いが漂ってきそうだ。ポタ、ポタッと醤油が樽に落ちる。博文さんが、とんとんとリズミカルに藁を切る。牛のモウという鳴き声、干し草の匂い……。

　そうこうするうちに、私が帰って来たことを聞きつけた幼馴染の砂流君がやってきて、私は現実に戻る。畑仕事で日々、身体を鍛えている彼は、背筋もシャンとして十歳は若く見える。

「おう、帰って来たのか。じゃ、早くやろうじゃないか」

「わかってるって、ちょっと待ってくれよ」

囲碁のことだ。

私もいつお迎えが来てもおかしくない年になってしまった。私に属する人たちに何を遺してあげたらいいだろう。

子どもたち、孫たちには、人の世には悪い体験など一つのないのかもしれないと教えてやりたい。いいことも悪いことも、生かすも殺すも自分しだいである。そもそも世の中とは、自分の思い通りにいかなくて当たり前だ。「人生九分が十分」なんて言葉もある。これは、世の中はすべてが自分の思い通りに行くとは限らないから、望んだことの九分が叶ったら満足すべきだという意味だ。

もし思い通りにいっているように見えたら、それは周りの人が良かったのだ、恵まれているだけなのだと思い、決して奢るようなことがないよう気を付けたい。そして自分が恵まれた立場にいるならなおのこと、そうでない人に温かい手を差し伸べることのできるやさしい人であってほしい。

妻にもたくさんのありがとうを言わなくてはならない。不在がちな夫に代わり、家を守ってくれ、子どもたちをこんなに立派に育ててくれた。しっかり者の妻のおかげで、私も安心して働けたのだ。

博文さんは九十歳を越えた今もコンバインに乗り、畑仕事に精を出している。私の叔父であり兄であり父。いつまでも健康に長生きしてもらいたい。

年を取って思い出すのはふるさとのことばかり。私を育くんでくれた家族のことばかりだ。

生かし生かされた人生であった。まだご存命の人、すでに鬼籍に入った人、私を育んでくれたすべての人に、感謝の念を込めて、筆を擱《お》きたい。

令和三年（二〇二一年）八月吉日

山裾一郎

著者プロフィール

山裾 一郎（やますそ いちろう）

昭和18年（1943年）、鳥取県日野郡生まれ。父親は戦死、母親とは幼い頃に別れ、曾祖母らに育てられる。鳥取県立根雨高等学校に進み、野球の鳥取県代表として中国地区大会に出場。神戸大学工学部に入学し、卒業後、川鉄建材工業（現・JFE建材）に入社し、道路の交通安全関連の技術者となる。定年後は神戸市に住み、囲碁（アマ三段）などを楽しんでいる。

ふるさとへの思いは今も変わらず

2021年10月15日　初版第１刷発行

著　者　山裾 一郎
発行者　瓜谷 綱延
発行所　株式会社文芸社
〒160-0022　東京都新宿区新宿1－10－1
電話　03-5369-3060（代表）
03-5369-2299（販売）

印刷所　株式会社エーヴィスシステムズ

ISBN978-4-286-22733-7　JASRAC 出 2105831 － 101